フィギュール彩 61

Mishima & Tanizaki seen from Sadism and Masochism
Kazunari SUZUMURA

三島SM谷崎

鈴村和成

figure Sai

彩流社

その顔には苦痛の表情はなかつたけれども、私は母が癪《しやく》か何かを起してゐて、父が上から背中を押してゐるのだと思つた。なぜなら母の顔の上に父の顔があつて、二つが上下に重なり合つてゐたからであつた。［……］二つの顔は私を見ながらほのかに笑つてゐるやうに思へた。

谷崎潤一郎「或る時」（昭和二十七年［一九五二年］三月稿）

［映画「憂国」では］それは正に、ぬるぬると照りかがやき、ふてぶてしくとぐろを巻き、青年将校の掌にあふれてゐた。その気味のわるさは圧倒的で、そこには人間の誠実を腸《はらわた》に象徴した日本人の伝統的思考のエキジビショニスティックな、ものすごい感覚的説得力が充満してゐた。

三島由紀夫「映画的肉体論」（「映画芸術」昭和四十一年［一九六六年］五月）

三島ＳＭ谷崎――目次

序――『陰翳礼讃』(谷崎)と『太陽と鉄』(三島)

『三島SM谷崎』――表題の意味は、三島由紀夫と谷崎潤一郎をサディズム(S)とマゾヒズム(M)の視点から斬ろうというものである。

三島と谷崎は深い因縁がありながら、タイトルに両人の名を冠し、その関係をテーマに立てて本格的に論じた本が一冊もない。両人の交流に限ってみても、三島が谷崎を論じた評論は意外と少なく、わずかに十二篇、書簡にいたっては、谷崎宛はわずか三通を数えるのみである。

その理由は三島が師と仰いだ作家が、誰よりもまず川端康成であったことが大きい(そして何といっても谷崎と川端はライヴァルであった)。三島の川端論は二十四篇ほど、川端宛書簡は五十二通以上にものぼる。三島は例年正月には川端宅を年賀に訪ねたが、谷崎とはパーティや文学賞の選考会で顔を合わせるきりで、自宅に訪ねてはいない。

谷崎、川端、三島――三者の関係を巧まずして写しとった写真がある。中央公論社版『日本の文学』の編集会議で、昭和三十八年(一九六三年)のこと。谷崎は腕組みして正面の川端を、やや忙然とした面持ちで眺めている。川端は視線を斜めに投げて泰然たる様子である。巻の割り振りをめぐって揉めたのであろうか。川端は、谷崎さんは三巻、自分は一巻、と主張した。遠い席の三島は、面を伏せ、額に手を当てて、困惑し切っている……。

そうした世俗的な交際の事情を別にすると、三島に対する谷崎の影響はいちじるしく、たとえば昭和二十四年（一九四九年）の「『刺青』と『少年』のこと」と題した、谷崎の短篇に関する三島の小文は、サド・マゾヒズムという論点から考えても、きわめて興味深い谷崎論が開陳される、――

「世紀末芸術への共感から文学の世界へ歩み入つた少年時代の私は、日本の作家では潤一郎の文学に耽溺した一時期を持つた。『刺青』や『少年』などの初期の芳醴《はうれい》に思ふさま酔ひ、まだ『蓼喰ふ蟲』や『卍』の玩味には至らなかつた。むしろ初期の作品にあはせて、『谷崎源氏』『蘆刈』『盲目物語』の類ひを愛読した。／［……］依然『刺青』は天才の作品である。刺青の背景は、南北・黙阿弥の世話狂言の世界ばかりでなく、（その限りでは荷風の背景だ）、江戸根生《ねおひ》の歌舞伎十八番の豪宕《がうたう》稚純な荒事の舞台である。十数人の首が右から左へ撫斬りにされ、人間の腕が引抜かれてバリバリ喰べられても不思議はない世界である。入墨はかうした殺伐が美へと転身したやうな、一種のカタルシスの象徴として語られる。［……］」

こうした三島の谷崎観をみると、三島は残酷な暴力を愛好するサディズムの作家のようであるが、必ずしもそうではない。彼は好んでボードレールの「死刑執行人にして死刑囚」という詩句を引いた。加虐と被虐、SとMの要素が複雑に絡むのが三島の本領である。

一方、谷崎はどうかというと、谷崎は一般にマゾヒズムの作家と呼びならわされるが、河野多恵子も言うように（『谷崎文学と肯定の欲望』）、谷崎のマゾヒズムは生来のものではなく、仮構された、「心理的マゾヒズム」の性格が強い。

〈三島SM谷崎〉の関係については、次の川端宛三島書簡が委曲を尽くしている。川端から『雪国』や『抒情歌』を贈られたことに対する礼状で、昭和二十一年（一九四六年）四月十五日付、この頃はまだ平岡公威の本名で出されている。昭和の年号と年齢が一致する三島由紀夫、弱冠二十一歳の筆である、――

「［……］『抒情歌』の一句は、忽ち天窓をひらいて爽やかな青空をみせてくれたのでございました。抒情歌のやうな真昼の幻想は我国では稀有のことと存じます。谷崎氏の『陰翳礼讃』に俟つ迄もなく、アジアの巨大な夜の裾野が日本であつて、丁度アイルランドの作家がtwilightを重んじたやうに、この朧ろげな柔らかい、しかも黒柱石のやうな硬度のない、軽い、汀のやうな夜のなかでさまぐ〜な幻想綺談が語られたのでございました。［……］しかし『抒情歌』ははじめて日本の自然の美と愛を契機として、白昼の幻想、いひかへれば真の『東洋のギリシャ』を打建て、目覚めさせてくれたやうに思はれます」

ここで三島は、（ほとんど同時期に出た）谷崎の『陰翳礼讃』（昭和八年［一九三三年］。谷崎の場合、原則として雑誌初出による）と川端の『抒情歌』（昭和七年［一九三二年］）を対置して、後者の白昼の幻想、その真の「東洋のギリシャ」を称揚している。『抒情歌』の明るい「天界の音のやうな気高い妙音」

に比較すると、谷崎の日本文化論の白眉『陰翳礼讃』は、「その世界が凡て手函のなかの夜のやうで、思はず息苦しくなることがございます」というのである。

こういう、谷崎の夜の闇と川端の真昼の光耀の対照は、谷崎の『陰翳礼讃』と三島後期の評論の代表作、というより、その冒頭で三島の言う「告白の夜と批評の昼との堺の黄昏［twilight］の領域」で書かれた『太陽と鉄』（昭和四十年［一九六五年］）の対比に置き換えることができる。

いみじくも三島は谷崎のとくに初期作品を、アイルランドの作家が愛したtwilightのように、「朧ろげな柔らかい、しかも黒柱石のやうな硬度のない、軽い、汀のやうな夜のなかで」繰り拡げられる「さまぐ〳〵な幻想綺談」と、的確に評したのである。皮相な意味で三島は、川端におもねり、谷崎を批判したともとれる若書きの川端宛書簡で、谷崎の『陰翳礼讃』のtwilight、「誰《た》そ彼［黄昏］」の領域へのオマージュをひそかに綴り、二十年後、自身の手になる『太陽と鉄』の強靭な肉体讃歌を予見する、〈見者《ヴォワイヤン》〉の詩学を展開したのだった。

谷崎の『陰翳礼讃』は不思議なマゾヒズムの著である。「知つての通り文楽の芝居では、女の人形は顔と手の先だけしかない」と、谷崎流のフェティシズムの要諦を語り、――

「それは要するに、衣裳と云ふものは闇の一部分、闇と顔とのつながりに過ぎなかつたからである。鐵漿《おはぐろ》など丶云ふ化粧法が行はれたのも、その目的を考へると、顔以外の空隙へ悉く闇を詰めてしまはうとして、口腔へ迄暗黒を啣《ふく》ませたのではないであらうか」

こういう暗黒を口に啣ませた鐵漿の女が、おぼろげな夜の闇のなかで「幽鬼じみた美しさ」（同）を醸し出し、男を誘惑し、破滅させる幻想綺談を繰り拡げるのが、谷崎マゾヒズムの魅惑の原風景を構成する。
「魑魅《ちみ》とか妖怪変化とかの跳躍するのは」と谷崎は続ける、――

「蓋しかう云ふ闇であらうが、その中に深い帳《とばり》を垂れ、屏風や襖を幾重にも囲つて住んでゐた女と云ふのも、やはりその魑魅の眷属ではなかつたか。闇は定めしその女達を十重二十重に取り巻いて、襟や、袖口や、裾の合はせ目や、至るところの空隙を填めてゐたであらう。いや、事に依ると、逆に彼女達の體から、その歯を染めた口の中や黒髪の先から、土蜘蛛の吐く蜘蛛のい［網］の如く吐き出されてゐたのかも知れない」

これが谷崎の世界に君臨するサディズムの女たちである。マゾヒストの男たちは彼女らの足下に跪き、彼女らに鞭打たれ、彼女らの尿を顔に浴び、あふれ出す愛液を飲み、その美しい足を捧げ持ち、頬張れる限りの足指を口に頬張って厭きないのである。女の足裏の文様に菩薩の微笑を仰ぎ見るのである。男たちを脚下に踏みつける女たちはといえば、闇のなかで口紅を玉虫色に刷き、「鬼火のやうな青い唇の間からとき〴〵黒漆色の歯を光らせてほゝ笑んでゐる」のだろう。

対して、『太陽と鉄』における三島のマゾヒズムは、谷崎のように軟弱なものではない。それは強度のサディズムが強度のマゾヒズムと相拮抗し、互いに噛み合う灼熱の呵責を喚《よ》び起こす。それは何よりも赫奕《かくやく》たる太陽の下の闘牛に似た儀式であり、古代ローマのコロセウムにおける格闘技をほうふつとさせる、死を賭した決闘であった、——

「苦痛とは、ともすると肉体における意識の唯一の保証であり、意識の唯一の肉体的表現であるかもしれなかつた。筋肉が具《そな》はり、力が具はるにつれて、私の裡には、徐々に、積極的な受苦の傾向が芽生え、肉体的苦痛に対する関心が深まつて来てゐた。しかしどうかこれを、想像力の作用だとは考へないでもらひたい。私はそれを肉体を以て直に、太陽と鉄から学んだのである」（『太陽と鉄』）

この受苦はやがて死の責め苦と同じものになる、——

「従つて死は、そのすぐ向うに、その一瞬につづく次の一瞬にひしめいてゐた」

死のひしめく「太陽と鉄」の黒い穴《ブラックホール》、これは決して谷崎流の喜劇的なマゾヒズム（一例が谷崎の『瘋癲老人日記』）に落ちてはならなかった、——

「自意識が発見する滑稽さを粉砕するには、肉体の説得力があれば十分なのだ。すぐれた肉体には悲壮なものはあるが、みぢんも滑稽なものはないからである。しかし肉体を終局的に滑稽さから救ふものこそ、健全強壮な肉体における死の要素であり、肉体の気品はそれによつて支へられねばならなかつた。闘牛士のあの華美な、優雅な衣裳は、もしその職業が死と一切関はりがないものであつたら、どんなに滑稽に見えることであらう」（『太陽と鉄』）

昭和四十五年十一月二十五日の市ヶ谷台蹶起《けっき》における、三島の割腹自決と介錯による斬首を五年後に控えた、『太陽と鉄』のこの悲壮な文章の先には、「ひたひたと押し寄せてゐる死の姿」が穿たれる。それはどうしようもなく閉塞した世界である。それに比すると、谷崎の滑稽な『瘋癲老人日記』（昭和三十七年〔一九六二年〕）の先には、まだその先がある、と思わせる奇怪な底力が犇めいている。その先には『台所太平記』（昭和三十七年〔一九六二年〕）があり、『雪後庵夜話』（昭和三十八年〔一九六三年〕）があり、あるいはひょっとしたら、昭和四十年（一九六五年）の死去によって、ついに書かれずに終わった『細雪』続篇の『猫犬記』があったかもしれない。そこでは雪子や幸子に憑依した猫たちの、美少年や美少女と同性愛に耽る転生譚が繰り広げられるのかもしれない。三島の豪放な高笑いは黒々とした死の虚無に向かって閉じていたが、谷崎の磊落《らいらく》な瘋癲老人の笑いは、美食や、女色や、好色や、色とりどりの快楽に向かって限りなく開かれていた。

三島由紀夫と谷崎潤一郎。この両大人《たいじん》のサディズムとマゾヒズムの交錯から学ぶべきことは、まことに汲めども尽きないのである。

Ⅰ　三島夫妻に見る〈『鍵』（谷崎）の構造〉

瑤子夫人の場合

三島（平岡）夫人は旧姓・杉山瑤子、著名な日本画家・杉山寧《やすし》の長女であった。

昭和三十三年（一九五八年）六月一日、文壇の寵児として一世を風靡していた三島由紀夫と華燭の宴を挙げた当時、花嫁の瑤子は二十一歳の日本女子大英文科の学生、新郎の由紀夫は三十三歳で、当時の男性としては晩婚だった。

これは彼がゲイ（ホモセクシャル）であったことが与って大きい。三島は『仮面の告白』（昭和二十四年［一九四九年］）、『禁色』（昭和二十六、八年［一九五一、三年］）では大っぴらにゲイを主題としたが、昭和二十九年の『潮騒』以後、異性愛しか描かなくなり、同性愛をまったく封印した。その頃、文壇における師の川端康成に、「僕はもう男色物は書きたいだけ書きましたから、これで打切り、今後は健康な小説ばかり書かうと存じますが、これからが本当の冒険で、綱渡りです」（昭和二十八年［一九五三年］十月十七日付書簡）と書き送っている。高橋睦郎によれば、「同性愛卒業宣言」である（「在りし、在らまほしかりし三島由紀夫」）。

三島が同性愛を自作から排除したことについては、当時まだ性的少数者（ＬＧＢＴ）が社会的には異端扱いされる風潮があったことを思い起こす必要がある。むろん、三島はそれでゲイを止めたわけではなく、アメリカなどではとくにその方面での性行動が目立った。ジョン・ネイスンの『三島由紀夫―ある評伝―』は著者がアメリカ人だけに、かなり遠慮のない突っ込み方をしている、――

「[……] 重要なことは、梓［平岡梓、三島由紀夫の父］が三島がホモセクシュアルであるという噂を耳にしていたことであった。梓が少しでもそれを真面目に受け取ったとは思われない。しかし両親としては、そんな噂が続くのは許せなかったし、また梓は三島が結婚すればそれが嘘だったということになるだろうと予測していたと思われる。［母の］倭文重《しずえ》が公威［三島の本名は平岡公威］の同性愛を知っていたことはほぼ確実である。しかし倭文重は、彼女なりに考えるところがあって、息子を結婚させることを切望していたようである。おそらく、適当な結婚がわが子を『癒す』ことを望んでいたのだろう。そしておそらくはまた、倭文重は適当な嫁の蔭に隠れて、もっと気を使わずに自分の秘蔵っ子をかわいがれると期待しもしていたのである」（野口武彦訳）

倭文重は息子の公威に対する独占欲が強く、ゲイの息子に嫁を持たせて、いっそう公威の愛を自分に向けさせようとしたきらいがあった。しかし、この「期待」がどんな秘められた悲劇を招くことになるかを、私たちはやがて見ることになる。ゲイの男性がヘテロセクシャル（異性愛）の女性と結婚したこと。彼女を「囚われの女」にしたこと。それも世間体を慮《おもんぱか》って。そこにこの結婚の最大の誤算と悲劇があった。

作家はそのころ「新潮」に連載していた『裸体と衣裳——日記』（昭和三十四年〔一九五九年〕刊）の昭和三十三年五月九日のページに、「杉山家と結納をとり交はす」と記し、「『結婚』といふ観念が徐々に私の脳裏に熟してきたのは、一昨々年ころからのことと思はれる」と、ずいぶん傍観者的な自己観察をしている。「一昨々年」といえば昭和三十年（一九五五年）、前年ベストセラー『潮騒』を刊行、翌年から名作『金閣寺』の連載を始める（昭和三十一年刊）、いちばん脂の乗り切った時期のことである。三島は結婚のためにも、ゲイを自粛する必要を感じたのだろう。

三島は花嫁になる女性に次の条件をつけた、——

「結婚適齢期で、文学なんかにはちつとも興味をもたず、家事が好きで、両親を大切に思つてくれる素直なやさしい女らしい人、ハイヒールをはいても僕より背が低く〔三島の身長は一六〇センチ程度で、かなり小柄だった〕、僕の好みの丸顔で可愛らしいお嬢さん。僕の仕事に決して立ち入ることなしに、家庭をキチンとして、そのことで間接に僕を支えてくれる人」（「私の見合結婚」）

結婚相手を募る男の発言としては、きわめて楽天的で独我論的なものだ。三島と同性愛の関係にあった福島次郎にも、「君も思い切って結婚したらどう？　女性とのセックスが不安なら、結婚の前に、何度かトライしてみることだね。ぼくだって、トライしたんだよ。その努力の賜物なんだよ。おかげで子供も出来たし。君もトライしたまえ。トライ。トライだよ、人生は」（福島『三島由紀夫 剣と寒紅』）と結婚を勧めている。

そのころ母の倭文重が悪性腫瘍に罹り、余命「四か月」と宣告された（息子はこれを聞いて「号泣した」と猪瀬直樹は伝えている［『ペルソナ 三島由紀夫伝』］が、これは誇張だろう）ことも、三島を結婚に踏み切らせた動機になったかもしれない。あるいは倭文重が福島次郎に語った、「あれは［ガンで余命いくばくもないと診断された］この私のための結婚だったのよ」（『三島由紀夫 剣と寒紅』）ということもあったのだろう。

『裸体と衣裳』はパブリックな日記を意図したためか、母の病気のことに作者は一切ふれていない（母のガンの疑いは杞憂であった）。三島自身も「作家と結婚」と題したエッセイのなかで、こう明言している、――「僕の結婚については、親孝行とか何とか云はれてゐるやうだが、母の体が弱つてきたといふのが直接の原因ではない」。これが真相だろう。巷間伝えられる三島の母親思いには、若干演技の部分もあったようだ。彼自身言うとおり、三島においては「裸体と衣裳」の区別はつかないのであるが、――。

ここであらかじめ断わっておくと、三島は『金閣寺』で小説家としてのキャリアの頂点を極め、以後、長篇『午後の曳航』（昭和三十八年［一九六三年］）、戯曲『サド侯爵夫人』（昭和四十年［一九六五年］）のような傑作を書くが、結果としては結婚以後、『金閣寺』を越える長篇を書かなかったといわざるをえない（鈴村著『テロの文学史 三島由紀夫にはじまる』参照）。その意味で、結婚と同時に書き下ろしの執筆を始めた大作『鏡子の家』（結婚の翌・昭和三十四年［一九五九年］刊）の文壇における不評（代表的な評として、平野謙の「作品として破綻している」、江藤淳の「これほどスタティックな、人物間の葛藤を欠いた小説もめずらしい」）は象徴的である。三島は結婚によってゲイであることを隠蔽し、一男一女をもうけ、何度もノーベル文学賞の候補にもなるが（高橋睦郎の前掲エッセイによれば、三島はこの詩人に、「結婚しないとノーベル賞は貰えないのだ」と率直に語ったという）、作家としては長いスランプに入り、この停滞は昭和四十五年（一九七〇年）、市ヶ谷台における自決の日まで、十二年間続いたといっても必ずしも過言ではない。

板子一枚下は地獄

少し長いが、途中省略しながら、『裸体と衣裳』にみられる運命的な「『結婚』といふ観念」の件りを引用しよう、——

「それまで私は小説家たることと結婚生活との真向からの矛盾をしか見なかったが、私も年をとり、矛盾をすこし高所から客観視するやうになつたのである。この世の慣習や道徳に与し、その中に一応生活して、すべての慣習や道徳を疑つてかかる仕事をつづけてゆくのは、ずいぶん明白な論理的矛盾だが、論理的潔癖といふものをむりに支へるには、しやつちよこばつた若さを維持して行かねばならず、却つてこんな努力のはうが仕事を阻害することになりかねない」

トーマス・マンのように、市民生活と芸術家の生活を峻別する、というのである。芸術至上主義のワイルドが、「生活か、そんなものは下男にまかせておけ」と言い放ったようなものだろう。三島は別のところで、こういう結婚観をフランス語で「レセ・フェール」（laisser- faire［無干渉、なりゆき任せ」）と言っている（「作家と結婚」）。（芸術家の）仕事に作家としての努力と意志の一切を傾注し、（結婚）生活は成るに任せる、というのである。

ついで『裸体と衣裳』の彼は、作家の仕事を「精神」の範疇に位置づけ、人生と切り離すワイルド流の弁別をする。「私は精神の発展などといふものを、どうしても信じることができなかつた」と、進歩するのは生活だけで、精神には発展などない、と言うのである、——

「精神は頑固に書斎に坐り、頑固に監視してゐるべきで、壺に入れられて育てられる支那の怪奇な因果物師の作品のやうに、大人になつた頭部だけを壺の口から出して、おそろしい目で昼も夜もみつめつづけてゐなければならぬ」

これが瑤子なるうら若い花嫁を娶った三島由紀夫という作家の、怪物じみたセルフポートレイトなのである。

「作品を生むこの本源的な不気味な力［精神］を、自分の人生から能ふかぎり追ひ出し、それを作品の中へだけ追ひ込み、封印し、かくて自分の生の規範を、作品における非創造的な部分、あらゆる芸術作品が人生から借り来つた模写的な法則に置かうとすることが［……］、私の生きる努力の焦点になつた。私は主題の欠けた人生に倣はうと努め、年毎にますます深く、凡庸さを愛した。夢遊病者が一つのドアをあけて、その又次のドアを、永遠につづく無数のドアの幻を見るやうに、私は世の人が生れてから死ぬまでにあける［人生の］ドアを、のこらずあけてみたいといふ欲望にとらはれた。もちろん一方では、制作の不開《あかず》の間を確保しながら」

瑤子夫人を「凡庸さ」、「［人生の］ドア」と呼ぶなど、少なくとも女性に関しては、彼には何も見えていないといえる。天才的なゲイの作家の欠陥だろうか？　彼はやがて当然のこととして、瑤子という普通の女性との結婚生活に、うわべは華やかで幸福そうに見えて、その実、板子一枚下は地獄の毎日を送ることになる。

ここから三島は結婚を選択する「自由意志」の問題に踏み込んでいく。キェルケゴールの有名な結婚をめぐる逡巡（「結婚したまへ、君はそれを悔いるだらう。結婚しないでゐたまへ、やつぱり君は悔いるだらう」）が取り上げられ、「このやうな悔いは自由意志の幽霊のやうなもので」あるという定言に至る、――

「自由意志は無限の選択をするのではない。選択は百のうちから十、十のうちから三つ、三つのうちから二つ、二つのうちから一つといふ具合に、徐々に限られて来て、最後に自由意志は、それをするかしないかといふことだけを選ぶために現れる」

そして『裸体と衣裳』はこう結論する、――「人間は選ぶことができないのではないが、最終的に選択の不可能なことを知つてゐるのは自由意志であつて、さればこそ、人生がたつた一つであることをどうしても肯《うべな》はない自由意志は、宿命に対抗することができるのである。だから」と三島は続ける、——

「『悔い』といふ形であらはれる不安は、自由意志にとつて本質的なものではない。宿命はすでに選択してゐるし、自由意志は永遠に選択しない。そして行為とは、宿命と自由意志との間に生れる鬼子であつて、人は本当のところ、自分の行為が、宿命のそそのかしによるものか、自由意志のあやまちによるものか、知ることなど決してできない」

ここでは三島はいくらか彼の結婚が彼を導いていくところを予感しているように見える。それゆえ、彼には見えなかったのではないかもしれない。彼は見えていて、すべてを知りながら、不幸へと突っ込んで行ったのかもしれない。いずれにせよ、この瞬間、運命のループは閉じられたのであった。三島はそれに気づくことはなかったか、気づかないふりをしていた。

杉山家と結納をとり交わした三島は、『裸体と衣裳』の結婚をめぐる断章を、「……そんなことを考へたのち」、こう締め括る、——「私は結婚することに決めたのである」と。

『鍵』の夫婦が由紀夫と瑤子の手を執って

さて、こういう緻密な思考をめぐらす作家の監視下に入った瑤子夫人のその後の人生は、どのようなものになるのであろうか?

谷崎潤一郎晩年の傑作『鍵』（昭和三十一年［一九五六年］）に見られる夫婦生活の構図を例に取って、

三島夫妻の結婚の将来を考察してみよう。

『鍵』の刊行された昭和三十一年といえば、三島が彼の最高作『金閣寺』を出した年である。三十一歳の気鋭の作家・由紀夫と、七十歳の老大家・潤一郎の違いはあるけれど、戦後日本最大の金字塔といってよい二篇の大作、『鍵』と『金閣寺』が、同年に読書界の脚光を浴びたことは（今日ではとても考えられないことだが）、空前の文学的事件と称さなくてはなるまい。

参考までにいえば、『金閣寺』、『鍵』刊行の五年後には、三島は小説「憂国」を出し、谷崎は『瘋癲老人日記』を出す。悲劇と喜劇の両極端でありながら、両家の最高作といってよい小説が（「憂国」は短篇であるが、その五年後の映画化という事情を考えると、三島の名実ともに代表作である）、やはり昭和三十六年（一九六一年）という同年に世に出たということは、三島と谷崎の関係を考える上で見逃せない（本稿Ⅳ参照）。ことほどさように、（案外知られていないことだが）三島と谷崎は文学界において熾烈な鍔迫《つばぜ》り合いを演じていたのである。ここに川端を加えると、三つ巴の乱戦といってよいだろう。〈三島VS谷崎〉の最初のバトルのあった年といってよい、昭和三十一年の二年後の昭和三十三年に結婚する三島の脳裏に、『金閣寺』の名実ともに最大の対抗馬であった谷崎の『鍵』が描き出す夫婦の「性生活の闘争」（と、後になって『鍵』のヒロイン郁子は夫の死後、二人の結婚生活を回想する）が、わずかなりとも意識されなかったことはありえないだろう。比喩的に言うなら三島夫妻は、――「自由意志」によるにせよ、宿命の使嗾によるにせよ、――『鍵』の奇怪な夫婦生活の轍を踏むことになったといってよい。あるいは『鍵』の夫婦が由紀夫と瑤子の手を執って、後の破局へ導いたというべきか。『鍵』は五十八歳の大学教授と、四十五歳のその妻・郁子が、互いの日記を、――そうとは明言しないで――互いに読ませる、という形式で進行する。

日記体の作品は、三島でいえば、『アポロの杯』（昭和二十七年［一九五二年］）、『小説家の休暇』（昭和三十年［一九五五年］）、しばしば取り上げた『裸体と衣裳――日記』、遺作となった『天人五衰』（昭和四十六年［一九七一年］）のヒーロー透の「手記」（「×月×日」と日記のスタイルをとる）など、谷崎でいえば、戦中の「疎開日記」（昭和二十一年～二十四年［一九四六～一九四九年］）や最晩年の傑作『瘋癲老人日記』（昭和三十七年［一九六二年］）などの例があるが、『鍵』のように夫婦の日記を合わせ鏡のように組み合わせ、それを夫婦が互いに読み合い、夫婦の〈肩越しに〉読者が読み進む、という構成はまったくの新機軸である。

ここには本稿Ⅲで扱う〈覗き〉のテーマが出ているとみてよい。妻の郁子も夫の教授も、互いの日記を読ませる（覗かせる）ことによって相手を刺戟し、興奮させ、郁子の場合はとくに、高血圧の夫を死にいたらしめるべく策謀し、その謀略についに成功するのである。

三島は問題の昭和三十一年の座談会「谷崎文学の神髄」で、「谷崎先生の文学というものはまず悪が女性的なものとして設定され、それが男性の中に生じると、弱々しい女々しい悪魔になり、女は本来的に悪であるから、強力な美しい、本源的なものとして造型される。こんどの『鍵』なんかを拝見したところでも」、と『鍵』の夫婦を透かして、将来結婚する瑤子と自分の夫婦生活を予言するようなことを言っている（「文藝」臨時増刊「谷崎潤一郎読本」）。

両人は互いの〈赤裸の心〉（ボードレールは自身の日記をそう呼んだ）を覗きあっている。夫は「僕ハ女房ノ日記ト云ヘドモ、無断デ読ムヤウナヿヲスル卑劣漢デハナイ」とか、「クレグレモ断ツテオクガ、僕ハ［読まれないようにセロファンテープで閉じてある日記の］封ハ切ツタケレドモ、——中ヲ開イテハ見タケレドモ、文字ハ一字モ読ミハシナイ」と日記に書き、妻は「私は幾度も云ふ通り、内容は一字も読んでゐないことを神かけて誓ふ」とか、「今日はページ面に何か猥褻な写真らしいものが何枚も貼つてあるのに気がついた。私は慌てゝ眼を閉ぢ、いつもより一層急いでページを伏せた」と日記に書いているけれども、これは狐と狸の化かし合いのようなもので、夫は妻に、妻は夫に、読まれることを期待し、読むことを促し、唆《そそのか》しているのである。

『鍵』では、本来秘密のものである日記を、夫と妻が互いに読み合うということが、重要なテーマになっている。

わけても夫の日記に貼ってあった「猥褻な写真」を一瞬見て、「慌てゝ眼を閉ぢ」た、というのは、郁子という女性のそらぞらしい自己欺瞞的性格——それが彼女の悪女の魅惑をかたちづくるのだが——をよく表している。「さうだ、きつとあの写真は私を撮つたものなのだ」と書き、「………私はときぐ〱昏睡中に［というのも本当かどうか。郁子はしばしば眠りに落ちるが、狸寝入りをして快楽を貪っているのかもしれない］、自分が裸体にされることをボンヤリ感じてゐる」とか「浅ましい趣味ではあるけれども、夫は私の裸体を見ることが好きなのであるから、せめて夫に忠実な妻の勤めとして、知らないうちにハダカにされることぐらゐは忍耐しなければいけないと思ふ」というのには、フィクションのうちにみずからを湮滅しようとする、郁子の〈逃げ去る女〉（プルースト）の誘惑術を読みとることができる。

ここに『鍵』の日記の奇妙にねじれた関係が存する。それは完全にプライベートな日記でもなければ（日記とは本来プライベートなものではないだろうか）、ミシェル・レリスの『幻のアフリカ』のような公刊を目的とした日記でもない。レリスはこの書物で日記のこういう性格を巧みに利用して一種のメタ・レベルに達する記述をおこなっているが、『鍵』においても谷崎は日記の中で日記に言及するという、自己言及的なエクリチュールを実現している。

『鍵』には現在進行中のその日記についての記述が精細を極める。とりわけ、脳卒中で倒れた後、意識の混濁している夫が、「［妻と］二人きりになつた隙を見て病人が唇を動かす。にーき、にーき、と云つてゐる」というところは、日記に対する――換言すれば、『鍵』という日記体からなる書物に対する――瀕死の病人の執念を表していると考えられる。

片仮名はマゾヒストの文体

日記ということの次にこの小説で重要視すべきは、その平仮名と片仮名の表記である。

谷崎最期の名作といえる『瘋癲老人日記』と対をなす長篇小説で、『鍵』の（一方の）主人公である大学教授（名前は記されない）が片仮名表記をすることでも、『瘋癲老人日記』の主人公・卯木督助が彼の日記を片仮名で書くのと、軌を一にしている。

すると、『鍵』の主人公（教授）と『瘋癲老人日記』の主人公（卯木）が、ともになぜ片仮名で日記を書いたか、という疑問が生じる。疑問が生じるが、私見によれば、その疑問の解は自明である。この謎を解くには、両人の共通点を探ってみればよい。

いや、探るまでもない。答えは目の前にある。すなわち、教授も卯木も谷崎が創造した稀代のマゾヒストである、という当然の解答が出る。谷崎は『鍵』と『瘋癲老人日記』で、マゾヒストの文体に片仮名を選んだのである。

谷崎の新マゾヒズムの文体は、『鍵』によって初めて発見されたものであった。この新マゾヒズムの文体（片仮名）は夫（大学教授）によってのみ用いられている。夫の教授こそ、谷崎屈指のマゾヒストであるからだ。マゾヒストが（三島のように）汲々としているのは、片仮名が窮屈な感じがするのと同断である。それに対して、平仮名を使う妻の郁子は（三島夫人瑤子のように）悠然たるサドであることが、こうして明らかになる。

谷崎の後進である三島（谷崎は三島の三十九歳年長）が、最後の長篇『豊饒の海』でなお三島流の凝った美文にとどまっていることを思いみるべきだろう。谷崎が創造した大学教授（『鍵』）や卯木督助（『瘋癲老人日記』）の文体は、新しいマゾヒズムの文体であって、それに反して、三島の遺作『豊饒の海』の文体は、古いサド・マゾヒズムの文体なのである。

『鍵』の日記とＳＭの反転

『鍵』における教授の日記は、こう書き出される、――

「一月一日。……僕ハ今年カラ、今日マデ日記ニ記スコトヲ躊躇シテキタヤウナ事柄ヲモ敢テ書キ留メルヿニシタ」

郁子の日記は、こう書き出される、――

「今日私は珍しい事件に出遭つた。三ケ日の間書斎の掃除をしなかつたので、今日の午後、夫が散歩に出かけた留守に掃除をしに這入つたら、あの水仙の活けてある一輪挿しの載つてゐる書棚の前に鍵が落ちてゐた」

『瘋癲老人日記』において「若奥様」（颯子）と「御隠居様」（卯木督助）の「戦端」が開かれるように、夫婦開戦の火蓋がここに切って落とされたのである。「二人がどんな風にして愛し合ひ、溺れ合ひ、欺き合ひ、陥れ合ひ」、「遂に一方が一方に滅ぼされるに至つたかのいきさつ」（郁子の日記）の記録が開示される。

教授のいささか緊迫した（縄で緊縛されたような）文体と、郁子の余裕綽々とした文体の相違からも、夫婦の力の差は歴然としていて、郁子が冒頭の一行から、小説のタイトルともなっている「鍵」（夫による妻への日記を読めという合図である）を示すところにも、夫妻の争いは明らかであり、この闘争において彼女が主導権を握っていることが暗示される。

『鍵』にあっては、妻の郁子が一貫してサディストであり、夫の教授が一貫してマゾヒストであるが、仔細に観察するなら、そこに微妙な力の転移を見ることができる。

たとえば夫が裸体の妻を煌々たる蛍光灯の下で「臀ノ孔マデ覗イテ見タガ、臀肉ガ左右ニ盛リ上ツテヰル中間ノ凹ミノトコロノ白サト云ツタラナカツタ」と感激するところなど、この教授のまなざしには犠牲者の臀の穴まで剔抉《てっけつ》するサディスティックな意志が看取されるし、「此ノ白イ美シイ皮膚ニ包マレタ一個ノ女體ガ、マルデ死骸ノヤウニ僕ノ動カスママニ動キナガラ、実ハ生キテ何モカモ意識シテヰルノダト思フヿハ、僕ニタマラナイ愉悦ヲ与ヘタ」とは、「眠るアルベルチーヌ」を眺める『失われた時を求めて』第五巻『囚われの女』のマルセル（「私」）そのままのサディストぶりであり、[★1]川端康成『眠れる美女』（『鍵』の五年後の昭和三十六年刊。三島は同年「憂国」を発表、谷崎は同年『瘋癲老人日記』を「中央公論」に発表）の死体愛好的《ネクロフィル》悦楽そのものである。

一方、サディスティックな支配権を夫に振るう郁子にも、マゾヒストの側面が欠けてはいない。「夫を嫉妬せしめるやうに仕向けることが結局彼を喜ばせる所以であり、それが『貞女』の道に通ずるのであることを、おぼろげながら理解しか丶つてゐた」とは、レアージュ作『O嬢の物語』における「隷属状態の幸福」（ジャン・ポーランが『O嬢』に付した序のタイトル）を思わせるし、「終局に於いて矢張私は亡くなつた夫に忠実を盡したことになるのである」という郁子の述懐は、彼女にも――後に見るとおりサドの『ジュスティーヌ』の「淑徳の不幸」に通じる――被虐《マゾ》の感性が潜んでいることを教えてくれる。

「ぼくじゃあない、父を去勢したがっているのは母の方なんだ」

そもそもサディズム、マゾヒズムの情動が完全に一面的・静止的なものであることはありえず、サディストはある面ではマゾヒストであり、マゾヒストはある面ではサディストであることを免れない。ドゥルーズの『マゾッホとサド』[★2]はフロイトに言及しながら、マゾヒストと母親の関係に語り及ぶことにおいて、三島由紀夫のケースについて多くの示唆を与えてくれる。ドゥルーズは言う、――

「マゾヒストがとりうる行動は、二つに一つでしかない。すなわち、その過失を母親に負わせ（「ぼくじゃあない、父を去勢したがっているのは母の方なんだ」）、それをいいことにして投射［projection］という現象にまもられ、この悪しき母親と一体化し、かくしてペニス所有の域に達しようとする（倒錯としてのマゾヒスム）。あるいは逆に、投射現象をあくまで持続させてこの一体化を失敗に導き、みずから犠牲者として姿をみせたいと思う（道徳的マゾヒスム。「父ではない、去勢されたのはぼくの方だ」）」

三島由紀夫は明らかに前者のマゾヒストである。三島をマゾヒストであると断定したいのではない。端的にいえば、三島は同時にマゾであり、サドであった。マゾであり、サドであったが、三島においてはマゾのほうが強度だった。そこにはドゥルーズがフロイトを批判的に解釈したような意味でのサド・マゾヒズムの「反転」がある。ドゥルーズによるフロイトの解釈では、「マゾヒスムは反転によってサディスムから派生したものとして提示される」。重要なタームなのでフランス語を示すと、「反転」の原語はretournement。「反転」については、蓮實重彦の訳者「解説」にあるとおり、「『サディスムとマゾヒスムの反転』というフロイト的視点が、すでにある種の性急さによって、二つの対立概念を依存関係へと変貌させずにはいられない錯覚を具現化している」というフロイトへの留保を考慮する必要があるだろう。蓮實は同じ「解説」で、フロイト的な反転や融合ではなく、（ドゥルーズ的な）「マゾッホとサド」という並置の接続詞「と」の持つ、「境界線」としての「それ本来の自由な戯れを回復せねばならぬ」と論じる。三島がマゾであり、同時にサドであった、というのはその意味である。三島は明らかに「過失を母親に負わせ」、「ぼくじゃあない、父を去勢したがっているのは母の方なんだ」と言っているようである。三島の母・平岡倭文重の回想録「暴流のごとく—三島由紀夫七回忌に—」を読むと、その間の経緯がよく理解される。

まず由紀夫の幼年時代を記録した「古いノート」から、——

「[倭文重はこう回想している] 子供 [由紀夫] が自分から、[祖母のなつ(夏子)の束縛を脱して] 私の方へ遊びに行き度いとは死んでも言えないとがまんしているのが、どうしてこの父親 [由紀夫の父・梓] にはわからないのか」。そして「私が黙っているのをよい事に、何一つとして手を打とうとしない夫を憎んだ」

倭文重の夫・梓に対するこうした侮蔑や憎悪が、ドゥルーズ／フロイトの言う「父を去勢したがっているのは母の方なんだ」(前掲『マゾッホとサド』)という由紀夫の反応を抽き出すのは当然である。この母による父の「去勢」は、三島が瑤子と結婚し、両親と同居するようになってからも、より強力に進行する。倭文重は夫の梓と息子の由紀夫を対立させるだけではなく、あまつさえ、由紀夫(息子)を立て、梓(父)を「去勢」するのである。

こういう母子が夫・父に対して共謀し、連携し、相愛関係にあることは明らかである。息子の公威(由紀夫）が「この悪しき母親と一体化し、かくしてペニス所有の域に達しようとする」（『マゾッホとサド』）のも無理はないと思われる。フロイト的にいえば、公威は父を殺して、母を娶るオイディプスのペルソナを体現する。オイディプスが最期に眼を潰して自らを罰するように、三島由紀夫も腹を斬り、介錯されて、血まみれの悲惨きわまりない死を遂げる。かくして由紀夫は「倒錯としてのマゾヒスム」を体現するに至るのである。

「敬妻家」の梓

倭文重の「暴流のごとく」ではこのように、夫の梓はないがしろにされ、息子の由紀夫が手厚く大事にされるのだが、息子の嫁である瑤子夫人（彼女が本章の主役なのである）は姑の倭文重にどう映っていたかというと、それが不思議なことに嫁についてはー言もふれられていないのである。

ただ一か所、やはり夫への悪口のついでのようにして、「いつもピリピリ青筋を立て通しの主人を持ち、心の休まる隙もない我身にひきくらべ、公威のような男性を夫に持つ女は仕合わせだろうと、突飛な感想を抱いたものである」。

倭文重が息子に「男性」という呼称を使い、嫁のことを「女」と呼んで、軽蔑的な口調を使うことに注意したい。彼女にとって由紀夫が夫であり、瑤子がその不義の「女」であるかのようではないか。夫の梓が「いつもピリピリ青筋を立て」るのは当然である。

倭文重の感想だけでは公平を欠くから、その夫・梓の意見も聞いてみよう。平岡梓著『伜・三島由紀夫』から。ここには息子・由紀夫の瑤子夫人に対する対応だけではなく、父・梓自身のユーモラスな自画像が描き出される、——「倅は、愛妻家でしたか恐妻家でしたかと物好きにもこれをせんさくする人が時にはあります」と問いかけ、「しかしさて倅は何れのカテゴリーに入っていたとも思われず、一体何派だったのか、どうも僕には皆目判断に苦しみます」と早々と判断を放棄し、「父親の僕はどうかというと」、かなり倭文重の感想に近いものになるのだが、その自己弁護の口調が笑わせる、——「敬妻家なんです」と。

この笑いの精神において、案外、父・梓は倅・由紀夫と血のつながりを明らかにしていたのではないか（三島由紀夫の豪傑笑いは余りに有名である）。この父子の共通項については、福島次郎の次の回想もつけ加えておこう、——

「梓氏と三島さんの、芯にある精進型の几帳面さは酷似していた。あの頃二十代半ばで遊びたい盛りだったであろう三島さんは、夕方街に出てどんなに興がのったにしても、酔い半ばに必ず帰宅して、夜の十一時には机に向っていた。そして朝の六時まで執筆し、それから寝て、午后三時に起床する。毎日これが規則的に実行されていた。三十歳代から始めた筋肉質の体づくりへのボディビルや剣道のたゆまぬ励行ぶりも、［梓と］同じ性質から来たものだったろう」（『三島由紀夫剣と寒紅』）

さて、梓の『倅・三島由紀夫』に戻ると、——

「その［梓自身の］所属クラブは、敬して遠ざける敬妻家なんです。敬妻家とはその行動が演劇的条件を欠き［これは三島の派手な演劇的人生への皮肉か］、地下潜行的なきわめて地味なものです。［……］すなわち彼我の間隔距離を空間的時間的に最大限に拡張するよう努めるのです。愛するに非ず、恐れるに非ず、ただこれを避けるのみです。行雲流水の心境です。しかしいやしくも敬妻家のベテランとならんことを念願されるならば、かなた空の一角に一点の黒雲湧き出でたりと見るや、素早くこれを見てとり、ただちに敏速な行動に移り得る鋭い感覚を錬磨しておかれることは必要不可欠のことと思われます」

倭文重や由紀夫のような奇怪な母子のあいだで板挟みになった夫であり、父である男の考えとしては、すこぶる賢明かつ真っ当であるが、伜があのような悲惨な最期を遂げた後の発言としては、いささか不謹慎、というか無責任の誇りを免れまい。

恐怖の「寒紅」

両親の対立だけを引用して、互いに喧嘩している様を見ているだけでは、埒が明かないかもしれない。夫婦喧嘩は犬も喰わぬ、というではないか。ここは、多くのしがらみから自由な外国人の目が見た、三島家の家庭の内幕を紹介しよう。比較的最近の評伝であるジェニフェール・ルシュールの『三島由紀夫（ガリマール新評伝シリーズ）』に、こうある。彼は両親ではなく、嫁（瑤子）と姑（倭文重）の関係に注目する。倭文重が「暴流のごとく」で沈黙して語らなかった瑤子夫人に係る肝心の部分である、——

「瑤子を何より悩ませていたのは義母との関係だった。倭文重はかつて夏子［由紀夫の祖母。なつ、とも］がしたのと同じように三島を独占しようとした。倭文重は瑤子のことを語るときも上品さを崩すことはないものの、この義理の娘を決して『娘』とは呼ばず、いつでもどこかよそよそしく『嫁』と呼んでいた。だが瑤子には姑《しゅうとめ》と張り合うだけの意志と才能があり、夫婦の私生活を倭文重に妨げられたくないことをはっきりさせていた。三島は少年時代と同じように、二人の女性の板挟みになりながら、どちらにもいい顔をしようとする。家族全員が同じ屋根の下に暮らしていることもあり、嫁姑間の緊張は激しいものだった」（鈴木雅生訳）

ジョン・ネイスンの『三島由紀夫―ある評伝―』にも同様、三島家の内情が語られる——

「そしてさらに、ここにはいかなる因襲の基準に照らしても、三島が生涯お母さん子であったことを物語るものがある。たとえば、昭和三十四年に建てた［大田区馬込のヴィクトリア朝コロニアル様式の］家に家族がそろって住んでいた十一年間、小さなことだがしょっちゅう繰り返され、瑤子の眼には自分をないがしろにするとしか思えなかったであろう仕打ちは、三島が両親の住む離れに寄っては話し込み、お休みなさいを言ってから母屋に帰って来る習慣だった」（野口武彦訳）

運命的な一九七〇年十一月二十五日の蹶起と自決の日の前夜にも、三島はこの習慣を守り、両親、とりわけ母親と話し込んでいる。倭文重の「暴流のごとく」は、母子の〈別れの儀式 Cérémonie des adieux〉（周知のようにボーヴォワールは伴侶のサルトルとの永訣を正当にもこう呼んだ）を次のように伝える、――

「その前夜、親戚の結婚式から十時頃帰ると、［離れの］茶の間にきちんと公威が坐っていた。／『随分待った』と言ったきり、次の言葉は無い。［……］膝も崩さず、端然とした姿は、剣道の構えもかくやとばかり凛としている。［……］十一時になった。『お休みなさい。疲れたでしょう。それじゃ、まだやる事が沢山あるからこれで失礼します』」

倭文重の記述に文飾がないとすれば、――実際は、彼女は文豪の息子の影響か、文章を飾る癖があるので、その回想記はいくぶん加減して読む必要があるが、――息子が母の前で「膝も崩さず」「端然とし［て］」、「凛とし［た］」姿で、「決心したように悲壮感を浮べて」、「失礼します」と言って立ち去るのは、戦前の教育を受けた良家の子弟にふさわしく、礼儀正しいといえばそれまでだが、戦後生まれの人間からすればちょっと信じられない光景だろう。言えることは、倭文重の由紀夫観にはまったくユーモアがないが、梓のそれにはユーモアがある（ありすぎる）ということである。引用を続けると、――

「一礼して立上った。うつむいたまま帰っていく。いつもの通り次の間の窓を明け、私は見送る。——これが最後の姿になるのではないか——何ヵ月も前から習慣になった考えに、その夜も囚われる。そして、実際にその夜が最後の姿になったのである」

三島は母に対してはこのように丁寧な礼を尽くした別れの挨拶をしているが、妻の瑤子とのあいだの永訣のやりとりは、どんな伝記を読んでも出て来ない。安藤武の『三島由紀夫の生涯』にも、「午後一〇時頃、両親のいる離れ家へ（最後の）挨拶。部屋へ戻り夫人としばし団欒」とあるだけで、その「団欒」があったかなかったか、まったくウラが取れていない（少なくとも誰かの証言がほしい）。まるで妻はこの11・25悲劇の大団円の大舞台に存在しないかのごとくだ。瑤子夫人の孤独、彼女の屈辱を思いみるべきだろう。

由紀夫が妻をないがしろにしたのは、最後の夜だけではない。それ以上の侮辱を彼は妻に与えている。それも結婚生活の全般にわたって。ネイスンは続ける、——「死の年にいたるまで、三島はまた倭文重に作品の原稿を見せて意見を求める習慣を続けてもいた」。三島のどんな伝記にも出て来る有名なエピソードである。倭文重の「暴流のごとく」にも、そういう情景が出て来る、——

「例によって書き上げた原稿を小脇に抱え、／『一寸見てくれない？　僕はいいと思うんだけど』と『サド侯爵夫人』を読ませられた。／『女ばかりの舞台とは珍しいけど、面白くないわね。やっぱり一人でも男が入らないと』と難癖をつける［…］」

倭文重はここで『サド侯爵夫人』を完全に誤読している。たぶん、この傑作戯曲では、サドの義母モントルイユ夫人（倭文重に当たる）にあまり良い役が振られていなくて、娘のルネ（嫁の瑤子に当たる）が主役になっているのが不満だったのだろう（本稿Ⅱ参照）。しかし、それ以上に、四十歳（『サド侯爵夫人』執筆当時）にもなった日本を代表する大作家が、妻になら例がないわけではないが、母親にすべての小説原稿を読んでもらっていたというのは、瑤子にしてみれば忍び難い仕打ちだったろう。

「可哀さうな空家」

それだけではない。三島の場合、ここにさらにゲイという特殊性が加わってくる。二子をもうけているとはいえ、夫婦間の交渉は途絶えていたかもしれない。瑤子夫人は『午後の曳航』の未亡人・房子のように「可哀さうな空家」だったのかもしれない。それに11・25の（森田必勝との情死ともいわれる）割腹自殺がある。いや、その前に11・25の割腹自殺の予行演習のようにして、「憂国」なる自作自演の映画で女優の鶴岡淑子[★3]と、なまなましい性行為と情死を演じている。夫人にしてみれば、まさに踏んだり蹴ったりである。それでも一言も不平を洩らさなかったのは、この夫人は立派というほかない。三島と親しくつきあっていた詩人の高橋睦郎は書いている、――

「三島さんは傍目にも家庭を大事にした。しかし、大事にすればするほど不自然に見えた。傍目に見えるほどですから、当事者である夫人にはお見通しだったでしょう。最晩年の三島さんは夫人を極端に怖れ、怖れることに疲れ果てていましたが、これは自ら蒔いた種と申すべきでありましょう」（「在りし、在らまほしかりし三島由紀夫」）

三島の自決後、弔問に訪れた福島も、「瑤子夫人の表情に走る、苦い火花のようなものを感じて、私はおそろしかった」（『剣と寒紅』）と書いている。

高橋が指摘し、福島が実感したこの恐怖は、当事者である三島において極限に達していたはずである。この恐怖が十一月二十五日、三島を市ヶ谷台に走らせた、原因である、とは言わないが、一因である、というのが本稿の推論である。福島によれば、「同じ敷地内に住む倭文重さんと瑤子夫人の、眼に見えぬ独占愛の対立が続いた時、三島さん自身、そういう坩堝の中にいることに疲れをおぼえ始め、『愛妻家』『子煩悩』『孝行息子』等のしがらみ一切を放棄しようという気になったのでは、とも想像するのだ」（同）。

自決の原因を〈大義〉とか〈世直し〉に求めるのもよいが、福島のこの「想像」も、おそらく当たっていたのである。

手紙を読む妻

『鍵』の夫婦は互いの日記を読ませ合ったが、谷崎の小説の〈比喩〉をここに適用すれば、由紀夫と倭文重は奇怪な（書いた作品を母に読ませるような）愛情で結ばれていたということができる。それはマザコンといったなまやさしいレベルの問題ではない。もっと深刻な、ある意味、致命的なレベルにおいてである。

とはいえ、瑤子夫人も（日記ではないが）、夫の手紙を読まなかったわけではない。夫の書いた手紙ではない。夫に来た手紙である。ここで〈由紀夫VS瑤子〉のカップルは、『鍵』の〈教授VS郁子〉のカップルとぴったりと重なる。

福島次郎の自伝小説によると、三島の自決の三年前、昭和四十二年の十月、彼は三島から次の手紙を受け取っている。[★4]――先だって一寸した事件があって、それ以来、三島宛の書簡は妻の瑤子が開封してよい、という「秘書的待遇」を彼女に与えた、と三島は書き出している、――「今後の手紙は、あのことは書かないでおいて下さい」と断り、一言でも、三島の指定により「あのこと」には触れない、などとあると、それだけでも夫人との関係がおかしくなるから、「あのこと」についてだけは一切書かずにおいてほしい、「女房は、どういふわけか、貴兄を『あのこと』の友人ではないか、と疑つてをりますので」と警告し、三島はこの手紙を、「福島次郎様　恐妻家より、三島」と結んでいる。

三島が傍点を振っている「あのこと」とは、むろん同性愛を指す。それ以上にここで指摘したいのは、この時点から妻の瑤子は夫の由紀夫の手紙を読むことを始めた（「女房に〔……〕秘書的待遇を与へました」）ということである。比喩的にいえば彼女は、（夫の日記を読む）『鍵』の郁子の運命をなぞり始めたのである。

femme fatale（宿命の女、死をもたらす女）

『鍵』の郁子の運命とは――読む人の運命である以上に――サディストの運命である。瑤子夫人は郁子のように、運命的に夫に〈死をもたらす女 femme fatale〉になるだろう。それは彼女になんらかの咎があったからではない。なんらかの先天的なサディストの資質があったからではない。それどころではない。夫人には何の咎もない。すべては三島由紀夫という天才作家が「自ら蒔いた種」（高橋睦郎）であり、瑤子夫人本人は多くの点で亀鑑とすべき作家の妻であった（唯一彼女に批判されるべきことがあるとすれば、三島の没後、著作権継承者となった未亡人が生前、あまりに残酷なエロスに満ちた映画「憂国」や、ゲイを扱っているシュレイダー監督の映画『MISHIMA』の公開を禁じたことだろう。これらの映画は、夫人の没後、封印を解禁された）。

高橋睦郎は言う、——

「三島さんの没後に、夫人が三島さんの数々の醜聞を封印して平岡家の名誉を守り、三島文学を管理する非の打ちどころのない墓守を全うし、五十歳代の若さで亡くなったのは知られるとおり」

さて、「［伜は］愛妻家でしたか恐妻家でしたか」（『伜・三島由紀夫』）という梓の問いへの答えが、「恐妻家より、三島」という本人の福島宛書簡の言によって、はからずもここに明示されたわけであるが、瑤子夫人との関係においては、由紀夫はまずもってサディスト（暴君）であり、ある時期からマゾヒスト（「恐妻家」）に変容したということがある。

『鍵』とのメタフォリックな関連でいえば、あの稀代のマゾヒスト（「教授」）になったのである。梓のように（妻を敬遠する）「敬妻家」とは必ずしもいかなかったようであるが、愛妻家から恐妻家への変貌を遂げた、といってもよい。
そこに至る経緯をもう少し詳しく福島次郎の『剣と寒紅』に即して見てみよう。

「三島さんは、はじめて私を裏返しにして、……」

『剣と寒紅』は冒頭、「序」において、「三島さんについて書く以上は、私自身も生の形で登場してくるわけで、そうなると、机のあたりに腥《なまぐさ》い臭気がたちこめてきて、先に進めなかった」とあり、本書が私小説、あるいは自伝小説の伝統にしたがっていることが分かる。小説でありながら、「私自身も生の形で登場してくる」というところに、すでに作者が事実《ドキュメント》と虚構《フィクション》のあいだで戯れていることが明らかになる。

「私自身」が「生の形で登場してくる」だけではない。「私」が関係する多くの人物、とりわけ主役であり、タイトルにもその名が実名で明らかにされる三島由紀夫も、「生の形で登場してくる」のである(★5)。

だからといって、「私」や「三島由紀夫」が実在の人物かというと、そこにはあらかじめ〈小説〉という煙幕が張り巡らされている。大江健三郎の『静かな生活』にあるように「──小説だから、といえばいいんだよ」というのと同じ、自伝小説が仕掛ける〈言い逃れ〉である。

とはいえ、それが他人に累を及ぼすモデル小説であって、『剣と寒紅』におけるように生々しいゲイの情景が描かれ、モデルとなる人物が三島由紀夫のような大作家であることが明らかとなると、「小説だから、といえばいいんだよ」というだけでは、すまされなくなる。しかも三島由紀夫はここで「三島さん」と実名で登場してくるのである。

昭和二十六年（一九五一年）夏、伊豆の今井浜。今井浜は三島の代表的な短篇「真夏の死」の舞台。三島は伊豆の海を愛した。福島によれば長篇『禁色』（第一部・昭和二十六年、第二部・昭和二十八年）の一部もここ、今井浜で、福島との性交渉のさなかに、旅館の一室で書かれた。『禁色』にも、檜（主人公）は事のあとのほうが仕事がはかどった、とあるが、三島は福島の見ている前で、一字も直さずに、『禁色』の小説原稿を書きすすめたという。今井浜での三島と福島の交情は、『剣と寒紅』「第二章 真夏の破局」に、三島との「破局」の場として、なまなましく描かれている。

「破局」という以上、三島と福島のその後の関係について触れておくと、二人はここでいったん訣別するが、昭和四十一年七月、三島が『奔馬』の神風連取材のために、熊本にやって来たとき、交渉を再開する。福島は当時、熊本の八代市の高校で国語教師をしていたのである。「三島さんの神風連傾倒の深層心理には、一種の加虐と被虐と流血との三位一体になるエロスへの関心が、地下水のように流れていたのではあるまいか」（『剣と寒紅』）とは、本稿のテーマに関連するので、引いておく。『全集』42巻の「年譜」（佐藤秀明、井上隆史執筆）にも、昭和四十一年［一九六六年］八月二十七日、三島が熊本で福島らの出迎えを受け、「福島次郎が予約したホテル・キャッスルに四泊」、蓮田善明[★6]未亡人を交えて夕食をともにし、八月三十一日、「福島次郎、蓮田善明未亡人らに見送られて帰京」とある（むろん『剣と寒紅』にも、この間の三島と福島の交流は詳しく書かれている）。

さて、問題のゲイの場面、――

「今井浜へ来て一週間目の夜のこと、三島さんは、はじめて私を裏返しにして、ことを行なおうとした。／以前、三島さんは私に、『ぼくはもともとバックという奴は好きじゃない。第一、相手の顔が見られないだろ。ぼくは、向き合って、顔を見なけりゃ嫌なんだ。向き合う形が好きなのは、精神性の強い人間なんだってね』と笑いながら言ったことがあるが、この夜はちがっていた。相手のご機嫌ばかりうかがってはいられないという、怒りさえ混じった強い気配があった。好きでもない体位でも、やるだけやってみようという、至上命令を敢行する兵士のような一途な勢いだった。／三島さんのものが、的をはずれながら、私の臀部の内側を、ひどくあわてるふうに擦《こす》り動くだけなので、痛いというよりただくすぐったかった。／［……］／もう、三島さんの思惑などどうでもよかった。止めようもない笑いが噴き上ってきて、その波打つ腹の皮の動きで、その下のシーツがよじれるほどだった。すでに三島さんは私の背から離れていたが、私は上半身をおこしてそのままシーツをたたきながら笑い、なお、笑いで身をよじるので、敷蒲団から畳の上へ、半ばずりおちる恰好になった」

三島の真剣な愛の欲求に、福島は笑いで応じてしまう、——それも止どめもないバカ笑いで。三島にしてみれば、彼の十八番《おはこ》の豪傑笑いを、田舎からぽっと出の若者に盗まれた思いだったろう。三島は笑うにしても、セックスの最中に笑うような不謹慎な真似はしない。真面目な、真面目すぎる恋のドラマに水を差す、これほど手痛い仕打ちはないだろう。

シーツを叩いて笑う福島のペン（まなざし）は、おそるべくリアルに三島の「もの」を抉る、——

「私からはねのいた形のままの三島さんの股間に、笑いを半ば制《おさ》えた私の眼がいった。戦うだけに集中していた猛々しい武器が、思いがけない飛弾を横から受けてとまどい、震えているような――膨張したまま、挫折を噛みしめているような――立ち姿ながら、それはすでに萎えかけていた。／私の視線は、思わず、三島さんの顔へ――赤鬼のように充血した顔の色の底にどす黒いものが澱み、その睨みつけるような両眼にこもった怨みの色は、私がはじめてみる三島さんの眼差しだった」

ここに描かれる三島は昼の顔とはまったく異なる夜の顔である。あのパーティなどで見られる豪放で磊落なスタイル、陽性で社交的なスタンスは、微塵もない。彼は執筆中の自分を「支那の怪奇な因果物師の作品」（『裸と衣裳』引用前出）に喩えたが、それとも異なる、怪物じみた裏の顔が現れる。

「貴兄を『あのこと』の友人ではないか、と」

こうした暴露が本当であるかどうかは、問わない。もともと福島はこの作品を「小説」と銘打っている（「跋」の冒頭に「この小説を書くに当って」［傍点引用者］とある）。そんなことを言えば、三島由紀夫を描いたどんな伝記にでも、ある程度の物語《フィクション》は混入するだろう（とくに猪瀬直樹の『ペルソナ 三島由紀夫伝』は、三島のホモセクシャルな側面を伏せたフィクションの性質が強い）。

福島は露悪的なまでに自分の〈真実〉を書く。たとえば『禁色』に福島次郎をモデルとしたと思われる「福次郎」という男が出て来ると、その男のことを「吝嗇と几帳面の権化のような中年男」、「何の魅力のかけらもない、人間的に卑しいだけの福次郎」、「登場場面は多いのに、すべて、福次郎にはいいところは全くない」と書くように。

あるいは、細江英公の撮った三島の写真集『薔薇刑』が贈られてきて、福島が「先生の写真をみて、自慰してしまいました。〔……〕先生は罪な人です」などと「嘘」——『剣と寒紅』にそう明言してある。その意味で福島は例の〈クレタ島のパラドクス〉におけるように〈正直〉ともいえる——のリップサーヴィスを書いて送ると、すっかり嬉しくなった三島のほうから、彼が裸で被写体になった「スチール写真の束の山」が一抱えほど送られてきた、というエピソードなど。

もっとも、ここまでくると、福島の話は嘘か本当か紛らわしいが、その結果、彼の周囲の人物、その最たる主役である三島由紀夫の真実も、巻き添えにされる。私小説の常道である。極端なことを言えば、福島もろとも三島も、地獄の底に突き落とされるのである。

こんなふうに、——昭和二十六年、やはり今井浜のホテルでのこと、——

「死んだつもりで裸になって、ベッドにねる。しばらくして、そこへ獣が喘ぐような声をかぼそく震わせて這いのぼってくる。私の方がずっと体が大きいので、重くのしかかられる感じではなく這い上ってくるという感じだったが、眼をつぶった私には、白い蜘蛛のようにさえ思えたのだった」(これなど福島も三島もろとも裸にならなければ、決して書くことのできない情景だろう)

とか、

「傍らに一人の人間が寝ているという感じがしなかった。人間の『裸線』が寝ているという感じだった。／電気コードの被覆部をはぎとった『裸線』――いわば、神経、精神、魂といった人間の芯にあるものだけが、無駄な肉など一切つけず、そのまま一本の針金のように横たわっている感じなのだった」（福島自身が被覆部を剥ぎ取った「裸線」になって相手と接しなければ書くことのできない、迫真の三島由紀夫像というべきだろう）

とか、二人が別れるときのこんな描写、――

「行き交うタクシーの中の一台をとめて、三島さんは乗りこんだ。ドアはしまったが、車の窓はあいていた。そこから、私を見上げた時の三島さんの顔は、焼けただれたあとのようで、ざわざわとけばだった感じの、蒼白なのに、眼だけ赤っぽく濁り、苦痛でこわばったような表情だった」

これでひと夏の愛は終わる。この愛の情景を書いた『三島由紀夫　剣と寒紅』は平成十年（一九九八年）の刊行だから、三島はむろんのこと、父・梓（昭和五十一年［一九七六年］没）も、母・倭文重（昭和六十二年［一九八七年］没）も、妻・瑤子（平成七年［一九九五年］没）も、この本は読んでいない。この本は読んでいないが、それ以前に福島は、この自伝的なゲイの長篇を「塵映え」と題して、昭和四十二年の八月号から昭和四十四年の十月号まで、雑誌に連載している。そこには「今井浜で一週間すごす件りも、三島さんとのセックスとの現実をそっくり書いている」（『剣と寒紅』）。

長篇小説「塵映え」の初出誌は月間総合誌で、「熊本県下の各分野の人々が殆ど購読している」（『剣と寒紅』）有力誌「日本談義」だった。三島の元には編集部から――福島の「どうか三島由紀夫さんにだけは、雑誌は送らないで下さい」（同）、という要望があったにもかかわらず、――送られていて、三島のみならず瑤子夫人（ここがポイント）も、やはり福島によれば、「瑤子夫人のぬかりなさから推すと、『日本談義』をわざわざかくす夫の眼をぬすみ、読んでいたのかもしれぬ」（傍点引用者）という。

三島とのゲイを描いた福島の小説を、三島由紀夫が読み、瑤子夫人も読んでいたというのである。「女房は、どういふわけか、貴兄を『あのこと』の友人ではないか、と疑つてをりますので」という、三島の福島宛書簡の一節は、夫人が（雑誌掲載の）福島の同性愛小説を読んでいることを前提にしなければ、理解しがたいものなのだ。

こうなるとこれはもう『鍵』の教授と郁子の関係を連想しないではいられない。〈教授VS郁子＝三島VS瑤子〉の等号が成立するのである。〈郁子＝瑤子〉の等号に関しては、谷崎『鍵』の郁子が三島『純白の夜』（昭和二十五年［一九五〇年］）のヒロイン・郁子のアバターであり、〈引用〉であることが、本稿次章の「『純白の夜』の郁子と『鍵』の郁子」、「郁子（『純白の夜』）→郁子（『鍵』）→瑤子（三島夫人）」の二つのパートで論じられる。したがって、その論証は次章に譲りたい。

注

★1　プルーストの小説ではマルセルが「暴君ネロ」さながらのサディストと呼ばれる個所がある。なお鈴木道彦の論考――プルーストの話者「私」には名前がない――は意義深いが、「話者」という用語が日本語になじまないので、本稿では便宜的に「マルセル」を使う。小説中に「私」がマルセルと呼ばれる個所が見出される。

★2 訳文は「サディスム」「マゾヒスム」とフランス語を用いるが、本稿では英語の「サディズム」「マゾヒズム」を用いる。

★3 彼女は映画出演中、精神に不調を来たしたといわれるが、それほど入魂の名演技である。福島『剣と寒紅』によれば、三島には強烈なカリスマ性があり、「『憂国』で、三島さんと共演した女優が、途中で精神状態に変調をきたしてしまったのが、[……]わかる気がした」。

★4 この書簡を含む福島の『三島由紀夫 剣と寒紅』は、三島の書簡を無断で掲載したことが著作権侵害に当たるとして、出版差し止めを求める訴訟を起こされ、福島と本の版元が敗訴しているので、ここでは手紙の一部を引用するにとどめる。

★5 これはエイズで一九九一年に亡くなったフランスの作家、エルヴェ・ギベールの戦略でもあった。『僕を救ってくれなかった友へ』など参照。キベールについては、鈴村『幻の映像』参照。

★6 「文芸文化」を主宰した国文学者。三島をその雑誌で世に出した。一九四五年、敗戦直後に、マレーシアのジョホールバルで拳銃自殺。

II　淑徳の不幸――『サド侯爵夫人』(三島)と『細雪』(谷崎)の雪子

マゾヒスト至高の「仕合せ」

ここでの主題は美徳ということである。美徳ということによって、三島由紀夫の『サド侯爵夫人』(昭和四十年［一九六五年］)は、谷崎潤一郎の『細雪』(上巻は昭和十八～九年［一九四三～四年］、中巻は昭和二十二年［一九四七年］、下巻は昭和二十二～三年［一九四七～八年］)と、一本の糸で結ばれる。主人公でいえば、『サド侯爵夫人』のヒロイン侯爵夫人ルネと、『細雪』のヒロイン雪子を、同じ〈淑徳の不幸〉という徴の下に繋ぐことができる。

ここにもう一冊、両者を関連づける本として、フランス十七世紀の作家サド侯爵の代表作、『ジュスティーヌ あるいは淑徳の不幸』を加えよう。三島の『サド侯爵夫人』には侯爵夫人ルネのせりふとして、芝居の幕切れ近くに「ジュスティーヌは私です」という決めのせりふがある。同じく第二幕の幕切れでルネは、「アルフォンス［サド］は、私だつたのです」とも言う。「アルフォンスの悪徳と私の不幸とは、いはば同じものになつたのだわ」とも。サドは悪徳に耽ることで、ルネは不幸に陥ることで、同じ地平を共有したというのである。

サディストの代名詞といってよいサドと、マゾヒストの代名詞というべきジュスティーヌに、サド侯爵夫人ルネが自分を擬するところにも、サディストとマゾヒスト、SとMが、対立する人格ではなく、表裏一体のペルソナであることが理解されよう。

ルネにおいては、サドとマゾの二項は、淑徳という徳によって一つのものになる。およそかけ離れていると思われる悪徳と美徳を、ルネは一身に体現してしまうのである。ルネは夫のサドにどこまでも貞淑を誓う妻だが、そのサドが悪徳の限りを尽くす怪物であるのならば、彼女の貞淑も夫の悪徳に限りなく似通うしかない。「良人の罪がその程を超えたのなら、私の貞淑も良人に従って、その程を超えなければなりません」とルネが言うのは、そういう意味だ。あるいは、「良人が悪徳の怪物だったら、こちらも貞淑の怪物にならなければ」と。こうしてSM合体の逆説がサド侯爵夫人ルネにおいて実現されるのである。

『サド侯爵夫人』でサド作の『ジュスティーヌ』という作品が言及されるのは、戯曲の大詰め、第三幕の終わりのパートにおいてである。ここで『ジュスティーヌ』の物語が簡潔に要説されるので、少し長いが引用しよう。ルネは母のモントルイユ夫人（前章で三島の母の倭文重に擬したことを思い起こそう）に、こう語る、――

「アルフォンスから牢屋で手渡されたあの怖ろしい物語〔……〕、あれは『ジュスティーヌ』といふ題がついてをりました。〔……〕／それは急に両親を失つて世の中へ放り出された、ジュリエットといふ姉とジュスティーヌといふ妹の、遍歴の物語でございます。でも世のつねの物語とちがつて、美徳を守らうとする妹はあらゆる不幸に遭ひ、悪徳を推し進める姉はあらゆる幸運を得て富み栄え、しかも神の怒りは姉には下らず、みじめな最期を遂げるのは妹のジュスティーヌのはうなのでございます。心は美しく身持は固いのに、哀れなジュスティーヌは次々と、恥かしめられ、虐たげられ、足の指は切られ、歯は抜かれ、烙印を押され、打たれ、盗まれ、つひには無実の罪で刑を受けようといふ瀬戸際に、姉のジュリエットに再会して救ひ出され、やつとありあまる幸福に恵まれたのもつかのま、雷に打たれて無残な最期を遂げます」

それではマルキ・ド・サドの『ジュスティーヌ』で、この「淑徳の不幸」の体現者はどう描かれていたのか。その点に関しては、澁澤龍彦訳、三島由紀夫「序」の彰考書院版『ジュスチイヌ あるいは淑徳の不幸』(『マルキ・ド・サド選集Ⅰ』昭和三十一年〔一九五六年〕)から、そのラストの部分を引いてみよう(三島と澁澤はこの三巻本『サド選集』の訳本を通じて親友になる。サドがとり結んだ友情だ)。ラストのところで、ジュスティーヌは雷に撃たれて死ぬ直前である、——

「恰かもこの憐れな娘、ただ不幸にのみ運命づけられ、いつも頭上に貧乏神の手が差し懸けられているのを気にしながら暮さなければならないこの苦労性の娘は、やがて近づくべき最後の破滅をすでに予感しているかのごとくであった」

この物語を読んで、ルネは夫のサドに自分をなぞらえるのを改め、「ジュスティーヌは私です」と宣言するのであるが、前章に続いて作者・三島由紀夫の実生活の悲劇を考慮に入れるなら、アルフォンス・ド・サドが三島由紀夫の原形《プロトタイプ》となることは自明として、その妻のサド侯爵夫人はといえば、彼女は三島夫人瑤子に当てはまるだろう。

こうして、〈サド夫人ルネ＝ジュスティーヌ＝三島夫人瑤子〉と〈サドの母モントルイユ夫人＝三島の母・倭文重〉という等号が成り立つのである。すると「この苦労性の娘」、サド侯爵夫人ルネが、まるで巫女のように予感する「やがて近づくべき最後の破滅」とは、瑤子の身になぞらえていえば、あの1970・11・25の三島自決の破局を指していたことが明らかになる。だからルネが夫のサド侯爵の脱獄の計画を思いめぐらすとき、瑤子の夫・三島の蹶起の企図が（『サド侯爵夫人』執筆の五年後のこととはいえ）、――瑤子に予感されたとは言わないが、無意識のうちに予知されていて、――少なくとも三島の念頭には、すでに熟していたと思われるのである、――

「毎夜毎夜ラ・コストの城で、誰一人相談相手もなく、私は良人の脱獄のはかりごとをめぐらしました。たつた一人の思案。将棋の定跡を編み出すやうに、頭の中に図面をゑがいて、その象牙の駒をあれこれとかち合せ、やがて白い象牙が思案の焰で瑪瑙のやうにほの赤く透けてくるまで、考へあぐねてゐましたとき、私はこんなに良人の心の近くにゐると感じたことはありませんでした」

このルネ＝サド＝三島の「はかりごと」からは、ルネの母モントルイユ夫人＝三島の母・倭文重は、蚊帳の外に置かれている。原稿を読まされた倭文重が不満を洩らしたのも無理はない。モントルイユ

＝倭文重は完全にコケにされているのだ。モントルイユ夫人は述懐する、――「その上あれ〔サド＝三島〕には本を書くとか、大そうな著作をするとかいふ計画まであるさうな。おお怖い。私を魔女に仕立てあげるのでなければ、御自分を地獄の王に仕立てて気取るのが落ち。そんな本は誰も読む者はゐますまい」と息子の仕事にまったく理解を示さない。

一方、モントルイユ＝倭文重と違って、ルネ＝瑤子には、最高のヒロインの役が振られる。サド侯爵のことをもっとも美しく語るのは彼女である。モントルイユ夫人がサドを「ならずもの」と悪しざまに言うと、「アルフォンスはならずものではございません。あの人は私と不可能との間の閾《しきゐ》のやうなもの、ともすれば私と神との間の閾なのですわ。泥足と棘《いばら》で血みどろの足の裏に汚れた閾」。

そしてこの〈淑徳の不幸〉の殉教者は、彼女の不思議な「仕合せ」について、こう語り出すのである、――

「それなら申しませう。来る夜も来る夜も良人に家を明けられる仕合せ。冬のきびしいラ・コストの城内で、寝床にもぐつてやつと寒さを凌ぎながら、今ごろどこかの温かい小部屋で、良人が縛つた女の裸の背に燃えさかる薪を近づけてゐるところを、ありありと目に思ひ浮べる仕合せ。次々と募る血の醜聞を、戴冠式の赤い裳裾のやうに世間いつぱいに拡げていただく仕合せ。領内の町をゆくにも目を伏せて、領主の妻が道の軒端を辿つて忍び歩くといふ仕合せ」

『サド侯爵夫人』に聞かれるルネのこの自分の「仕合せ」を語る述懐は、そのまま三島夫人瑤子によって口にされてもおかしくないもので、三島が書いたもっともすぐれたルネ＝瑤子論といえるが、このルネはマゾヒストというべきだろうか？　たしかにマゾヒストの「仕合せ」であるが、一般にマゾヒストは自分の不幸は語っても、幸福については語らないはずである。

「陰気な淋しい人となりで、……」――サド侯爵夫人ルネ

サド侯爵夫人ルネの名誉の戴冠は、次のＳＭの精華を極める光景において最高潮《アポテオーズ》に達する。モントルイユ夫人が何年か前のクリスマスの夜に、ラ・コストの城の窓から覗き見た、サドとその貞淑な妻の背徳の交歓を語る、――

「**モントルイユ**　［……］アルフォンスは黒天鵞絨《ビロード》のマントを室内で羽織り、白い胸をはだけてゐた。その鞭の下で、丸裸の五人の娘と一人の男の子が、逃げまどつては許しを乞うてゐた。長い鞭が、城の古い軒端の燕のやうに、部屋のあちこちを飛び交はした。そしてお前は……

ルネ　ああ！（ト顔をおほふ）

モントルイユ　天井の枝付燭台に手を吊られてゐた。丸裸かで。痛みに半ば気を失つたお前の体の、雨の金雀児《エニシダ》の幹に流れる雨滴のやうな血の滴《しづく》が、暖炉の焔に映えてかがやいてゐた。

［……］」

こうして天井のシャンデリヤに両手で縛《ばく》された全裸のルネは、「アルフォンスは私です」という自覚が、「ジュスティーヌは私です」という自覚と交叉するところ、加虐が被虐と交わる至高点に、恍惚として吊るされるのである。

ここにルネ＝ジュスティーヌの宙吊りになったＳＭの極点がある。

本稿Ⅰで、書き上げたばかりの『サド侯爵夫人』の原稿を読んだ三島の母、倭文重の読後感に、「女ばかりの舞台とは珍しいけど、面白くないわね。やっぱり一人でも男が入らないと」とあったように（「暴流のごとく」）、サド侯爵を主人公とする戯曲でありながら、ここにはサド本人はまったく登場しない。倭文重の評とは違って、女ばかりでこの芝居は見事に成功している。女ばかりだから成功している、とも言える。登場しないサド侯爵があたかも舞台全幅を支配しているかのような生彩を放ち、いわば不在の虚点、ブラックホールの存在感をかがやかせる。

ヒロインのサド侯爵夫人ルネ、その母モルトルイユ、サドの代弁者サン・フォン夫人等々、女ばかりが寄ると触るとサドの噂をするわけだが、中心になるのはタイトルロールの侯爵夫人である。終幕近くでルネは、自分はサドの被造物、サドの物語に閉じ込められた「囚われの女」だと言う（前章で瑤子夫人を三島の「囚われの女」と呼んだことを参照されたい）、——「牢獄の中で考へに考へ、書きに書いて、アルフォンスは私を、一つの物語のなかへ閉ぢ込めてしまつた」と。そしてルネは、彼女の自画像というべきジュスティーヌのポートレイトを、こんなふうに描き出す、——

「あの哀れな女主人公は、心のやさしい、感じやすい、どちらかといへば陰気な淋しい人となりで、姉の媚態にひきかへて羞らひ深く、［……］まるでアルフォンスが、何も知らなかつた時分の若い私の姿絵を描いたやう。／それで私の気づいたことは、この淑徳のために不運を重ねる女の話を、あの人は私のために書いたのではないかといふことですの」

それなら、『サド侯爵夫人』は瑤子夫人のために書かれた戯曲だったのか？　瑤子夫人はこの芝居で最大限に称揚されているのか？　われわれはこの問いをしばらく問いのままで措いておこう。それよりも、このヒロインのポートレイトが、本章のもう一人のヒロインである『細雪』の雪子を呼び出すことに注目しよう。

「少し因循過ぎるくらゐ引つ込み思案」の雪子

『細雪』は谷崎としてはめずらしく話らしい話のない長篇だが、(★1) 上中下三巻の物語を構成する筋としては、「いつの間にか婚期を逸してもう卅歳にもなつてゐる」雪子というヒロインの、いくつかの「縁談の話」と括ることができる。

したがって縁談があるたびに、彼女の容姿、顔だち、性格が話題になるのだが、列挙してみると、――まず彼女は「少し因循過ぎるくらゐ引つ込み思案」で、「未年《ひつじ》の女は運が悪い、縁遠い」とマイナス・イメージで紹介される。ときにはもっと容赦なく、「濃い紺色のジョウゼットの下に肩胛骨の透いてゐる、傷々しいほど瘦せた、骨細な肩や腕の、ぞうつと寒気を催させる肌の色の白さ」が目立つ、とも評される。三姉妹のなかで最年長で、語り手の立場にある幸子も、「雪子ちやんの縁談と云ふと何か不吉な前兆に遇ふことがしばく\である」と悲観するほど。これといった欠陥のない良家の美人の雪子であるのに、彼女の結婚の障害となる「陰気」で「不吉」な印象ばかりが並べられるのである。

そして雪子は、――サドのあのジュスティーヌのように凄惨なサディズムの犠牲にこそならないが、――『細雪』全巻を通じて何回か降って湧く縁談が次々と壊れてゆき、やっと最後の縁談がめでたくまとまったかと見えても、結婚式に上京する肝心の花嫁が、いざというときに下痢に悩まされ、何やら前途に暗雲が垂れこめるような、薄幸の女性として描かれるのである。

それ以上に、昭和十六年という時代背景からも、『細雪』の最後のページが閉じられた後に、日本の敗戦という巨大な悲劇が招来されることを予感しないではいられない。

ことほどさように雪子というヒロインは、必ずしもそうは見えないけれども、考えれば考えるほど、悪運に祟られた「淑徳の不幸」の見本帳のような女性であることが見えてくるのである。

『細雪』と猫の話

不幸な女たちの話が続いたので、ここで少し寄り道をして、三島由紀夫と谷崎潤一郎を〈猫〉のテーマで語ってみたい。

『サド侯爵夫人』にはSMという題材からしても当然、愛らしい猫は一匹も登場しないが、『サド侯爵夫人』と淑徳というテーマで一つに結ばれる『細雪』には、実に巧妙な仕方で「鈴」という名前の猫が、デリダ風の言い方をすれば全篇に〈散種 dissémination〉されている。

そして一方、ボディビルなどに打ち込み、マッチョな益荒男《ますらお》のイメージの強い作家にしては意外なことに、三島は無類の猫好きであったのだが、運悪く三島の愛猫に嫉妬する瑤子夫人と結婚して、それ以後、猫を飼うことを断念したという経緯があり（越次倶子『三島由紀夫文学の軌跡』「Ⅴ随想・三島由紀夫と〝猫〟一匹」参照）、谷崎の『猫と庄造と二人のをんな』（昭和十一年［一九三六年］）に似た、不遇な運命を甘受しているのである。庄造もまた、品子という女の策謀で〈盲愛〉する「リ、ー」という猫を取り上げられ、不幸な目に遭うのだから、その点でも谷崎と三島を猫というテーマで結ぶのは、必ずしも牽強付会といえないだろう。

――雪子の縁談の話が『細雪』に散在しているように、「鈴」という名前の猫が『細雪』に散在しているので、先に雪子の痛ましい（マゾヒストの）姿を『細雪』に拾ったように、雪子のメタファーかアバターと考えられる猫の鈴の変幻する姿を、長篇のなかから拾い出してみると、まず上巻の八に、「ジョニーと鈴でも好い加減手がかゝるのに、そこへ又兎が来ては餌をやるだけでも厄介であるし［……］」と、突然、何の説明もなしに「鈴」とあって、後にこれが猫の名前と分かる（「ジョニー」は犬の名前）。

この「鈴」は上巻の二十四に来ると、ようやく「鈴と云ふ牝猫」とあり、同じく上巻の二十九で本格的に紹介されるのであるが、当然そのときは鈴の傍らに雪子がいて、彼女がいかに猫と親密な関係にあるかが詳しく描写される、――

「［……］ふと、階下のテラスから芝生の方へ降りて行く雪子の姿を見つけた。彼女［姉の幸子］は直ぐ、雪子ちやん、――と、呼んでみようかと思つたけれども、悦子［幸子の娘］を学校へ送り出したあとの、静かな午前中の一時《ひととき》を庭で憩はうとしてゐるのだと察して、硝子戸越しに黙つて見てゐると、花壇の周りを一と廻りして、池の汀のライラックや小手毬の枝を検べてみたりしてから、そこへ駈けて来た鈴を抱き上げて、円く刈り込んである梔子《くちなし》の樹のところにしやがんだ。二階から見おろしてゐるので、猫に頬ずりするたびに襟頸の俯向くのが見えるだけで、どんな顔つきをしてゐるものとも分らないのであるが、［……］」

中巻の二十一になると、「［悦子が］例の如く応接間に裸の人形を並べて、いろ〳〵な衣裳を着せる。しまひには『鈴』を摑まへて来て、人形の代りにそれへ着せる」などとあるが、雪子と鈴のペアの白眉は、なんといっても下巻の四で、

「『雪子ちゃんはよう寝てはるわ。鼾かいてるわ』／『雪姉《きあん》ちゃんの鼾、猫の鼾みたいやわ』／『ほんに、「鈴」があんな鼾搔くわな』」

と雪子の鼾《いびき》と鈴の鼾を比較するところや（もっとも猫が鼾をかくか否か、いささか疑問である。すやすやと寝息を立てるぐらいではないか）、同じく下巻の十一で、謡曲の鼓がぽんと鳴るたびに、鈴の耳がピンと動くところなど、谷崎が猫を観察する目の精細なことに驚かされる。

とはいえ、猫の鈴をめぐる話の極めつけは、『細雪』の終章、下巻の三十七に出て来る、彼女のお産の光景であろう。これは短いけれど、『猫と庄造と二人のをんな』におけるリ、ーのお産に並ぶとも劣らない、谷崎猫の名場面である、――

「貞之助たちが此のお花見に行つた明くる日に、かねてからお腹の大きかつた鈴がお産をした。此の牝猫はもう十二三歳になる老猫なので［猫の世界にも高齢化が進んでいるようで、私の家の猫のヤンは二十歳になるが、まだまだ元気である。ちなみに笙野頼子さんの猫のギドウは十七歳になるということ］、去年妊娠した時にも自分の力で生むことが出来ず、注射で陣痛を促進してやう〳〵生んだのであつたが、今年も前の晩から産気づきながら容易に分娩しないので、階下の六畳の押入に産所を作つて、獣医を呼んで注射して貰ひ、辛うじて口元まで出かゝつた胎児を、幸子と雪子とで代る〴〵引つ張り出した」

猫というものは一般にそうだが、どんな猫でも、どこか陰気で、無口で、何を考えているのか分からない、謎を秘めたところがあるのも、雪子と似ているではないか。

なるほど、雪子というふしぎな女性の謎を解く鍵が、猫の鈴にあるのかもしれない。たとえば長篇のラストに近く、いよいよ雪子が縁談を受けるかどうか決心しなければならない、ぎりぎりの瀬戸際になって、即決するように迫られると、「そして翌朝」と下巻の三十四にある、――

「ぐず〳〵に納得してはしまつたものゝ、貞之助兄さんが一と晩で決心せえと云やはるよつてに、と、又しても恨めしさうに［雪子は］云ひ、微塵も嬉しさうな顔などはせず、まして此れ迄に運んでくれた人の親切を感謝するやうな言葉などは、間違つても洩らすことではなかつた」

というところなど、これは猫の生態であると考えれば腹も立たないし、ふしぎでもない。猫も感謝の言葉など間違っても洩らすことはない。親切にされても、別に嬉しそうな顔はしない。冷淡といえば冷淡なのだが、その無愛想なところが、猫のたまらない魅力で、これは猫のサディストでもあり、マゾヒストでもある特徴をよく表している。

そう思って『細雪』を読み返すと、雪子というヒロインが猫の鈴を思わせる箇所が随所にある。下巻の三十二、末の妹、未婚の妙子の妊娠のことを知らされて度肝を抜かれた幸子は、「あゝ、やっぱり今度も、………此の話は駄目になるのだ、………雪子ちゃんには可哀さうだけれども」と嘆くのである。そのとき、――

「幸子はほつと溜息をついて寝返りを打つた。そしてぱつちり眼を開けて見ると、いつの間にか部屋の中がすつかり明るくなつてゐた。隣りの寝台では雪子と妙子が、幼い折にしば〳〵さうしてゐたやうに互に背中を着け合つて寝てゐたが、ちやうど此方へ體を向けてすや〳〵眠つてゐるらしい雪子の、ほんのりと白い寝顔を、どんな夢を見てゐるやらと思ひながら幸子はいつ迄もまじ〳〵と打ち眺めてゐた」

これなど、幸子の目に映る雪子はまるで猫そのものである。雪子の不運に思いを馳せ、やっぱり今度の縁談も駄目になるのかと落胆する幸子にとって、すやすやと猫のように眠る雪子の寝姿はどんなに安らぎになったことだろう。

そう考えると、苦労する姉の幸子がマゾヒストで、なんにも思い煩わず、猫のように眠る雪子がサディストのように見えてくるではないか。いや、それ以上に、猫に化けたような雪子を見守る幸子にもまた、猫化の感化の力が及んでいるようではないか。

電話と猫、こわれた縁談

このSM的にもつれにもつれた猫的な関係は、『細雪』全篇を通じてクライマックスである電話のエピソード（下巻十七）において、遺憾なくその迷宮の力学を開示する。

今回の縁談は、橋寺という「医学博士で、前の奥さんがお亡くなりになり、十三四になる女の児が一人おありになるが外には何も係累がない、お医者さんが本職だけれども今は全然その方面はなさらず、道修町の或る製薬会社の重役をしておいでになる」、「風采も立派で、押出しが堂々としてをり、先づ美男子と云へば云へる容貌」の紳士との縁談である。

会ってみると、「此れを逃がしたらもう今度こそ、二度と再びかう云ふ縁はないであらう」と雪子の姉の幸子も義兄の貞之助も意気込み、両家のつきあいも進み、万事が幸先のよい吉兆を見せている折も折、橋寺が一度は雪子と二人きりで会って、彼女を食事にでも誘おうと、電話をかけてきたところで、急転直下、まとまりかけた縁談は奈落の底へ転げ落ち、木っ端微塵に壊れてしまう、——

「雪子がひとり二階で習字をしてゐるところへお春［女中］が上つて来て、／『お電話でございます』／と云つた。／『誰に』／『雪子娘《とう》さんに出て戴きたいと仰つしやつていらつしやいます』／『誰から』［このあたり、雪子が『誰に』、『誰から』と言葉少なに応答するところにも、ほとんど不気味な、といってよい雪子の、サディズムとマゾヒズムの複合した、ふしぎな人格の本領が発揮されている。谷崎の会話のテクニックが冴える場面である］／『橋寺さんでございます』／さう聞くと雪子は慌てた。筆を擱いて立ち上つたもの丶、直ぐ電話に出ようとはせず、顔を赧くしながら階段の下り口でウロウロした」

電話で顔を赤くするというのも、いかにも人見知りする雪子らしいが、結婚が決まるか決まらないかの肝心の瞬間に、彼女の電話嫌いが裏目に出てしまうのである。折悪しく、姉の幸子は運動がてらポストに郵便を出しに行っており、雪子一人で大事な電話の応対をしなければならない。三十四にもなるのに、いままで男性と二人きりで食事をしたこともない彼女が、突然の電話によるデートの誘いを受けられるはずがない。彼女はただ「ウロウロ」するばかりである。

橋寺の電話を前に、雪子はサドの〈淑徳の不幸〉の体現者ジュスティーヌのように「ウロウロ」する。ここで雪子はまさに〈淑徳の不幸〉の化身と化するのである。

お春に呼ばれた幸子が大急ぎで帰ってみると、電話はもう切れている。雪子の姿が見物である、——

「幸子が二階へ上つて行くと、雪子はひとり習字の机に凭りか丶つてお手本の折本を手に取つたま丶、それを見るやうな恰好をしてうつむいてゐた。／『橋寺さんの電話、何やつたん』／『今日四時半に阪急の梅田でお待ちしてるよつて、お出かけになりませんか云やはるねん』／『ふうん、二人で散歩でもしよう云やはるのんやろか』／『心斎橋でもぶらついて、何処ぞで御飯たべたい思ひますが、附合うてくれませんか、云やはるねんけど、……』／『雪子ちやんどない云うた？』／『……』／『行く云うたん？』／『いゝや』と、曖昧に、唾吐《つばき》を呑み込みながら口の中で云つた」

雪子はマゾヒズムとサディズムのあいだで「曖昧に」揺らいでいる。そのためらいが「唾吐《つばき》を呑み込みながら」という表現にあらわれている。

ここでは読者は幸子と一緒になって、雪子の「因循」なことに腹を立てている。愛想をつかし、「面憎く」思っている。

ところが、二階から降りてソファに掛けている雪子の様子を見ると、大事な電話の応答もできなかった自分に、しょんぼりして、うなだれている雪子を発見するかと思いきや、「『鈴』を膝の上に抱いてあやしながら余りにもケロリとした様子をしてゐる」ではないか。

幸子が何を聞いても曖簾に腕押しで、「ふん」と「例の調子で無関心らしく云つて、いくらか照れ隠しもあるか知れぬが、ゴロゴロ云つてゐる猫を一層喜ばすために手をその頤の下へ」入れるのである、――さすがに雪子は、「ウロウロ」はしても、「ゴロゴロ」は言わないのであるが。

――「ウロウロ」から「ゴロゴロ」へ、マゾからサドへ、一瞬、雪子は姿を変えたようである。

最後に一言、谷崎と猫についてつけ加えると、中央公論社で谷崎の担当編集者だった伊吹和子の『わ

れよりほかに』によれば、谷崎夫人の松子が夫の没後に発見したノートには、「◎猫犬記」と前書きした一節があり、

「猫と犬を愛してゐた男がだん〳〵犬を憎み猫を愛スルやうになる。／リコ（犬の名）がペル［谷崎の愛猫の名］を追ふところからリコを憎み出す／雪子がペルを愛撫スルのを見ていよ〳〵その傾向がつよくなる／女三の宮と猫[★2]／ボードレール、テオフィール・ゴーチエ［ともに猫好きで有名］／猫の食ひ残りを犬に食はせる／猫を洗つた湯で犬を洗ふ／猫に美食　犬に粗食」

と、猫好きにはたまらない文章が並び、さらに、――

「◎自分が女（男）性の猫と化しA子に愛撫される、或はA子も猫と化し同性愛に陥る、（猫犬記と一つにする）」

という一文も残されていたという。主人公が「女（男）性の猫と化」するというのだから、この猫、あるいは雪子（という名前がノートに出てくるのだから、谷崎は『細雪』の続篇に「猫犬記」を構想していたのか）は、谷崎的なSMの複合した猫的人格《ペルソナ》であるにちがいない。

ホモセクシャルの悪霊

そんなわけで雪子はジュスティーヌの一族であり、ルネと瑤子夫人の系譜に連なる〈淑徳の不幸〉の女性なのだが、サド侯爵夫人が夫のサディズムに感化され、それに憑依され、サドと一体化するようであるのに対して、三島夫人の瑤子を感化する悪霊は（悪魔は）、サディズムの悪霊（悪魔）ではなかったという点に留意する必要がある。

言うまでもなく、瑤子夫人の場合、夫の悪徳はゲイのそれであった。

ここで少し補足しておくと、今日性的少数者（ＬＧＢＴ）の性を「悪徳」と考える人はまずいないが、二十世紀中葉から後半にかけての時代（一九五〇～七〇年）、すなわち三島由紀夫の時代には、まだ多くの偏見が残っていた。

昭和二十四年（一九四九年）、三島が『仮面の告白』でゲイの「私」を登場させたとき、当時、性の解放が急速に進行していたとはいえ、そのカミングアウトがスキャンダラスな文学的事件として受け止められたことは否定できない。『仮面の告白』初版本の帯のコピーは、「ヰタ・セクスアリス——『性』と『愛』の問題を描いて、これほど美しい象徴があつただらうか！」であった。ちなみに同書は河出書房から出版され、編集者は坂本一亀。いうまでもなく坂本龍一の父である。

さて、そういうわけだから、『サド侯爵夫人』には、二重の読書が必要となる。サディズムの側からする読書と、ゲイの側からする読書と。『サド侯爵夫人』はパリンプセストのように、サディズムの裏側にホモセクシャリティが透けて見える。

これはサディズムかゲイかの二者択一ではない。やはりドゥルーズ（『マゾッホとサド』。本稿Ⅰ参照）

に倣って、サディズムとゲイというべきである。

「あのこと」

冒頭、第一幕の幕開けで、サドの代弁者を以て任じるサン・フォン伯爵夫人が、信心深いシミアーヌ男爵夫人に向かって、「あのこと、あのこと」と語り出す。

「私たちはどこでも、いつでも、『あのこと』と言つて、目くばせして、意味ありげに笑つて、それですまして来たんだわ」

この「あのこと」は、サン・フォンが鞭をヒュッと鳴らして、「これだけのことじゃないの」と言うように、名高いサド侯爵のサディズムに他ならないが、三島の『サド侯爵夫人』においては、サン・フォンの言う「あのこと」の裏側には、ゲイの意味の「あのこと」が暗号のように貼りついていると解さなければならない。

この暗号を解読する必要がある。そうすると、サン・フォンの「これだけのことじゃないの」は、「鞭で打つだけのことでしょう」と断定する意味の他に、「鞭で打つだけのことじゃないのよ」と、もう一つの悪徳、すなわち「ゲイもあるでしょう」の意も含ませてあると解される。

そこで思い出されるのは、前章で見た『三島由紀夫 剣と寒紅』の福島次郎宛、三島由紀夫の書簡である。そこにはこう書かれてあった、——

「ただ『あのこと』についてだけは一切書かずにおいていただければ有難いのです。女房は、どういふわけか、貴兄を『あのこと』の友人ではないか、と疑つてをりますので」

同じ「あのこと」という言葉が使われ、傍点が振ってあるのも同じである。『サド侯爵夫人』の「あのこと」がサディズムだけではなくゲイをも意味することは、こうして証明されたも同然であるが、問題はその日付である。

福島宛三島の「あのこと」にふれた手紙の日付は、昭和四十二年の十一月十八日、『サド侯爵夫人』が書かれたのは、昭和四十年（「文藝」同年十一月号に発表、同月河出書房新社刊）。『サド侯爵夫人』のほうが二年先行している。

福島が三島から問題の書簡をもらったとき（昭和四十二年）、彼は三島の『サド侯爵夫人』を読んでいたのである。福島は『サド侯爵夫人』でサン・フォン夫人が言う「あのこと」を、三島の手紙にある「あのこと」に、ただちに結びつけただろう。三島の「目くばせ」の意味を明瞭に理解したにちがいない（「私たちはどこでも、いつでも、『あのこと』と言つて、目くばせして、意味ありげに笑つて、それですまして来たんだわ」と『サド侯爵夫人』のサン・フォンのせりふにあった）。

おそるべきサディズムの悪行の背後に、ゲイの振舞いがありますよ、という「目くばせ」である。福島はこの「目くばせ」に戦慄し、共感し、あるいは歓喜したかもしれない。

股間からあふれ出す一筋の熱いもの

このことをしっかりと頭に入れた上で、ここで浮上して来る、さらに興味深い符合に注意していただきたい。第二幕でサン・フォンは、「人間だつてテーブルになるくらゐ訳もありませんわ」と言い、「私はこの体を裸にされて、ミサの祭壇に使はれたのです」と、瀆神的なことを言って聴手の息を呑ませる。その次の一節が問題である、——

「司祭はイエス・キリストの名を唱へ、私の頭上で悲しげな仔羊の啼き声が急に異様な呻きに変ると、そのときですわ、そのときはじめて、私の上で流れたどんな殿方の汗よりも熱い、どんな殿方の汗よりも夥しい、仔羊の血が私の胸、私のお腹、私の股の間の聖杯の中へ滴りました」

福島次郎には、『サド侯爵夫人』のこの一文がヒントになったのである。福島は、三島が瀆神の宗教の儀式として書いたものを、まったき肉体の倒錯の儀式として読んだのである。

そこには三島が書いた以上の瀆神があるといえるかもしれない。『三島由紀夫 剣と寒紅』では、三島と福島が東京のホテルで初めてゲイの交わりをする光景が、こう描かれている、——

「眼を固く閉じている私の耳に、三島さんの激しい咽び泣きが、火花のようにとび散る。やがて、駄々をこねて、甘えわめく子供のような大げさな声をあげて。三島さんが動かなくなった時、私は初めて意識を戻し、自分の股間の奥に収めきれず、右の太ももの付け根から、ゆっくりと一筋の熱いものがあふれ出て、臀部の方へ流れおちるのを感じていた」

ここには、福島の側からする、三島への愛の応答がある。『サド侯爵夫人』への返歌がある。福島は三島と共謀している。ゲイの共謀である。

「私の上で流れたどんな殿方の汗よりも熱い、どんな殿方の汗よりも夥しい、仔羊の血が私の胸、私のお腹、私の股の間の聖杯の中へ滴りました」と『サド侯爵夫人』にはあった。血の比喩として汗が使われているが、血も汗も、福島の小説では精液に変えられている。『サド侯爵夫人』の場合は瀆神の儀式として描かれ、福島の場合はゲイの性儀として描かれる違いはあるが、股のあいだに血か精液が滴るのは同じである。

ここでまた日付に注意してみると、福島の『剣と寒紅』の当該箇所が『塵映え』と題されて、「日本談義」に連載されたのは、昭和四十二年八月号から昭和四十四年の十月号までである。福島のほうが三島の『サド侯爵夫人』より二年遅れている。ここでも福島が三島の『サド侯爵夫人』を読んでいることに注意を喚起しなくてはならない。それ以上に肝心なことは、福島の『剣と寒紅』の初出誌である「日本談義」誌上で、三島は『塵映え』を読んでいることである。

瑤子夫人も読んでいる

それだけではない。瑤子夫人も読んでいる、とつけ加えねばならない。むしろ、こちらのほうに注目すべきかもしれない。福島は「瑤子夫人のぬかりなさから推すと、『日本談義』をわざわざかくす夫の眼をぬすみ、読んでいたのかもしれぬ」と書いているし、三島の福島宛書簡にも、「女房は、どういふわけか、貴兄を『あのこと』の友人ではないか、と疑つてをります」とあったのである。三島のホモセクシャリティをめぐって、何人もの読書がセッションしている。多くの目が光っている。競合している。

福島は三島の『サド侯爵夫人』のサン・フォン夫人の黒ミサの件りを読んで、その背徳の場面を思い出しながら、三島とのゲイの場面を書いたのだろう。このことは福島の『剣と寒紅』、あるいは『塵映え』の記述は、必ずしも実体験によるものではなく、『サド侯爵夫人』の読書体験が影を落としていることを証していよう。

読書の結果ということは、福島の小説の事実としての信憑性を疑わせるに足りるが、本稿で私は福島の『剣と寒紅』の三島との性交渉のシーンを、なんらかの信憑性に基づく事実として引用したのではない。性の事柄に関していえば、あることが事実であるかどうかを、証明できる者はいない。すべては密室でおこなわれる秘中の秘である。当事者の（ときには疑わしい）告白を待つしかない。それを信じるしかない。

誰が三島のホモセクシャリティを証明できるだろう？　誰が三島由紀夫はゲイではないと証明できようか？　このことは他のゲイの作家、例えばプルーストやランボー／ヴェルレーヌについても言える。(★3) プルーストがゲイであったという証拠はない。彼は生涯病弱で、ほとんど性生活はなかったかもしれない。あったとしても、男同士の友愛の関係をゲイの関係と識別する手だては、存在しない。プルーストの時代、ゲイに対する偏見は根強かったが、作家たちのカルト的なグループにおいては、ゲイであることが勲章である場合が多い。プルーストはゲイを装った可能性もなきにしもあらずだったのである。

とりわけ三島は演技的な作家だった（俳優さえしている）。ホモセクシャルの作家は一般にヘテロセクシャルの作家より自己韜晦《とうかい》の術にすぐれているといわれるが、三島はとくにその傾向があった。三島はゲイを演技したのかもしれない。そうでないのかもしれない。実際にどうだったかは、〈藪の中〉というほかない。

ここでは、彼が〈本当に〉ゲイであったか、という問題は括弧に入れられる（私はサイデンスステッカー、高橋睦郎、その他の証言により、三島は真正のゲイであったと思う）。『剣と寒紅』はドキュメンタリーではなく、あくまでも小説である。福島の〈私小説〉にどんなにフィクションが含まれていても、そのことで彼の小説のリアリティーはいささかも損なわれるものではないだろう。

『純白の夜』（三島）の郁子と『鍵』（谷崎）の郁子

ここで問題をすこしズラして、三島由紀夫のヒロインがもし同性愛者の男性／女性であったとしたら、どのような読み替えが可能であろうか？　という問いを立ててみよう（福島の『剣と寒紅』にあるように、三島は女役のゲイであった）。そしてその同性愛者の男性／女性に、三島由紀夫の仮面をかぶせることができたとしたら、そのヒロインはどのような変容を遂げるであろうか？

『純白の夜』（昭和二十五年［一九五〇年］。『仮面の告白』の翌年、『禁色』の前年の初期長篇）と『美徳のよろめき』（昭和三十二年［一九五七年］。『金閣寺』の翌年、杉山瑤子との結婚の前年）という二篇の長篇小説のヒロイン、郁子と節子が、まさしくその変容にふさわしい。

このエンタメ系の二篇の長篇を用いて、（タイトルからも類推できる）三島における〈淑徳の不幸〉の問題を考えてみよう。そのとき『美徳のよろめき』のヒロインが節子であることは、その名前からして美徳に係ることは言うまでもないが、『純白の夜』のヒロインの名が郁子であること、その名が谷崎の『鍵』（昭和三十一年［一九五六年］）のヒロイン郁子（マゾヒストの教授の夫人で、極めつけの悪女。本稿ではサディストと同定）と同じ名であることが、とりわけ重要な意味を持つはずである。

『純白の夜』も『美徳のよろめき』も、ともにフランス的な心理分析小説の骨格をかりている。とりわけ『純白の夜』でヒロインの郁子が愛人の楠から来た手紙を夫の恒彦に見せる件りは、十七世紀古典小説の最高傑作といわれるラファイエット夫人の『クレーヴ大公夫人』（邦訳名『クレーヴの奥方』）と、三島が少年時代から愛読したラディゲの『ドルジェル伯の舞踏会』を明らかに〈引用〉にしている。ちなみに、「影響」とか「下敷」と言わないで、「引用」と言うとき、作家が意図的に、一種の読者への知的な〈目配せ〉のようにして、先行する作家を模倣する場合に言う、——


「彼［恒彦］は妻［郁子］が卓にひろげた朝刊の上へ事もなげにさし出す一通の手紙を見た。すでに封が切られてある。手にとつて、気軽に便箋をとり出した。幾度か畳み直されたやうに嵩ばつてゐる。新らしい手紙のやうではない。／『何だい、これ、僕へ来たの？』／『あたくしへよ』／『誰からだらう、封筒には書いてないね』／『あててごらんあそばせ』／恒彦は見おぼえのある手蹟の行を辿つた。読みながら、中程で、ちらと妻の顔をうかがつた。／郁子は得意げに笑つてゐた。自分の美しさに関する数行を、今や良人が読み進んでゐることを知つてゐたのである」

きわめて緻密に構成された、人工的な〈危険な関係〉の光景で、郁子の背後に楠という男性の存在をうかがわせるが、ここでは郁子が愛人の手紙を夫に見せる行為に、彼女の古典的な淑徳を看てとればば充分だろう。

それから、妻の名前が郁子であることを考慮すると、谷崎が『鍵』の教授夫人に郁子という名前をつけたとき、三島の『純白の夜』の郁子が自分に来た手紙を夫に〈読ませる〉シーンが脳裡にあったかもしれない。『鍵』の郁子も、夫の日記を〈読む／読ませられる〉ことによって、夫との性関係を計画的にエスカレートさせ、房事の最中に夫の脳卒中を引き起こし、ついには夫を死に至らしめるのである。あらかじめ付言すると、『鍵』の郁子が夫を謀殺するのとは逆に、『純白の夜』の郁子は恋人のサディズムの犠牲になり、最後に自殺するのであるが、逆もまた真なりという定義に従うなら、このこともまた谷崎の郁子が三島の郁子を〈引用〉した傍証になるだろう。

『純白の夜』の郁子はまだ、彼女の淑徳が彼女をどこへ導いていくかを知らない。ここで先にふれた小説のストーリーをもう少し紹介すると、難攻不落の郁子の淑徳を信じている愛人の楠は、彼女が沢口というつまらない男と通じたことを知ると、彼女に対してサディスティックで執拗なお仕置きを始める。恋する女にとっては死ぬほどつらい拷問といってよい。デートにはいつも遅れてやって来るし、会っても決してホテルには誘わない。ホテルでも彼は彼女に一指もふれない。ラストで彼女は楠の残酷な仕打ちに耐え切れず、青酸カリを嚥んで自殺してしまうのである。

先の手紙を夫に見せるとき、「郁子は得意げに笑つてゐた」とある。この笑いは恒彦によって共有される笑いである。「ふと恒彦は妻が遠くのはうにゐるやうな感じがした」というのは、悲劇の序曲を夫が正確に聴きとったことを表しているが、——

「それにしても郁子は若くて、まだ自分の意見をもちうべき年配ではなかつた。彼女は良人の意見を、前以て微妙に選択しながら、心待ちにしてゐるにちがひなかつた。情愛と信頼にあふれて良人に見せたこの手紙から、彼女はまた、自分の美しさ・自分の魅力について良人がもつと敬意と誇りをもつべきことを、ものやはらかに勧誘してゐるにちがひなかつた」

これは夫の側からする妻についての判断である。この夫が『クレーヴ大公夫人』の読者なら、男から来た愛の書簡を夫に見せる妻が、どんなに危うい心理状態にあるかを見抜くはずであるのだが、——『美徳のよろめき』の始終寝てばかりいる愚かな夫ほどではないにしても、——恒彦も世の多くの夫の例に洩れず、妻の恋愛心理のクライシスに鈍感で盲目である。

鈍感であるばかりか、妻と調子を合わせて「笑つてみせた」りしている。来たるべき悲劇の幕開けを前にして、夫も、郁子も、無邪気に笑っているところに、『純白の夜』の真の悲劇がある。「呆れたね。楠ぢやないか。しかしこの手紙は感心に誇張がないよ」と、妻の美しさに関する楠の記述を寛大に肯定してから、先のことは知らぬが仏の恒彦は次の道徳的訓話を、きわめて貞淑な妻に垂れる。こんなふうに、——

「彼はそれから、返事は出すべきでないこと、今後も楠とはふつうに平静に附合ふべきこと、などの心得を忠告した」

ここで実践的な教訓を言うなら、このような微妙な事態に直面した夫は、ただちに妻と愛人の交際を——それとは知れないやり方で——禁ずるべきだったのである。ただし、へたに禁ずると、かえって妻の恋に火をつけることになるから、細心の注意が必要であろう。

こういう危険な状態にある郁子が、『鍵』の郁子と同じ奇怪な淑徳の夫人であることを示すのは（『鍵』の郁子は娘の敏子が皮肉るように「貞女の亀鑑」でもある）、寛大な夫とともに、楠やアメリカ人夫妻と五人で河口湖まで紅葉を見に行った小旅行の、翌日の朝のことである。

「——明る朝は、広間から正面に眺められる対岸の富士山を賞讃する英語のやりとりにはじまつた。郁子が化粧をすませて二階の寝室から下りて来る。皆と朝の挨拶をした。楠は彼女の目が、すこし血走つて疲れてゐるのを見た。彼は恒彦のはうを併せ見た［こういう視線の交錯もゲイを思わせる。ゲイとは嗜好と選別の交錯する視線の戦場である］。／楠は嫉妬を感じた。[★4] 昨夜郁子の良人がその役割の半ば以上を、楠の代役のやうにして演じたことは夢にも知らずに」（傍点引用者）

最後のフレーズは、郁子という名前もそうであるが、『鍵』の郁子とその夫と、木村という若い大学教師の間に展開するトライアングルをほうふつとさせる。『鍵』の郁子を書くとき谷崎が、意識的にか、無意識的にか、三島の『純白の夜』の郁子の〈引用〉をおこなったことは、このことからも明らかである。その他、三島と谷崎のあいだでは、クリステヴァの言う〈間テクスト性〉というべき相互引用がおこなわれていることに注意すべきだろう。

郁子（『純白の夜』）→郁子（『鍵』）→瑤子（三島夫人）

ここで〈郁子→郁子→瑤子〉というペルソナの交換劇を分析してみると、こういうことになる。

――『純白の夜』の郁子は、有夫の身でありながら、愛人の楠によって「可哀さうな空家」（『午後の曳航』）の運命を託《かこ》たなければならなかった。これは端的にいって、三島由紀夫という夫がいながら、その夫によってないがしろにされ、――と、やはり言う他はない――「可哀さうな空家」にならざるをえなかった瑤子夫人の身の上を、昭和二十五年（一九五〇年）という『純白の夜』が刊行された時点で、この上なく過酷に予言するものであったといえる。

しかし、瑤子夫人は『純白の夜』の郁子であっただけではない。三島（＝楠）の犠牲者であっただけではない。彼女は『鍵』の郁子にも転移する力を有する女性であった。『鍵』の郁子とは、夫の大学教授にエクスタシーの頂点において脳溢血を引き起こし、ついには夫を死に至らしめることのできる女性である。ある時点から――その時点については、本稿Ⅰ「**femme fatale**（宿命の女、死をもたらす女）」で詳説した――瑤子夫人もまた、『鍵』の郁子に倣うようにして、知らず知らずのうちに、彼女の意志のまったく係らないところで、いわば無意志的に、夫の家出と蹶起を促し、夫を死への門出に導くことになった。11・25の森田必勝との情死とも言える割腹・介錯による死を、そのように解釈することができるのである。

情死とは性的なエクスタシーによる死である。映画「憂国」を見よ。その意味では、11・25の瑤子夫人は「憂国」の夫に〈復讐〉したということができる、――いうまでもなく、夫人の意志によるものではなかったにせよ。しかし無意志的な復讐（嫉妬）は意志的な復讐（嫉妬）よりおそろしいことは、『源氏物語』「葵」の巻の生霊《いきりょう》の例に俟つまでもない。六条御息所の嫉妬が「幽体」となって源氏の正妻、葵の上をとり殺す場面――「[御息所は] あやしう、われにもあらぬ御ここちをおぼし続くるに、御衣《ぞ》なども、ただ芥子《けし》[物の怪退治のために焚く] の香にしみ返りたるあやしさに、御ゆする参り [髪をお洗いになり]」、御衣着かへなどしたまひて、こころみたまへど、なほ同じやうにのみあれば、わが身ながらだにうとましうおぼさるるに、[……]」。なお『谷崎源氏』では、「不思議に、われにもあらずふらふらとさまよい出たおん心地のあとをお辿りになりますと、御衣などにも芥子の匂いがそっくり滲みついているのでした。怪しくお感じなされて、おん坩《ゆする》[洗髪料] を召してお髪《ぐし》をお洗いになり、御衣を着換えなどなすってごらんになりますけれども、なおその匂いばかりしていますので、我ながら忌まわしくお思いになるのでしたが、[……]」）（鈴村「幽体論――川端康成における『源氏物語』の痕跡」参照）。

妻の愛人の「代役」を演じさせられる夫

『鍵』では夫の大学教授は、妻の愛人、木村の「代役」を演じさせられる。夫はそのことにマゾヒスティックな快感をおぼえる。郁子はそのとき紛れもないサディストとして夫の上に君臨する、――

「と、間もなく私は又意識を失ひかけ、半醒半睡の状態に入つたのだつた［郁子は都合のよいときにいつでも半醒半睡の状態に陥る］。私が、夫ではなくて木村さんを抱いて寝てゐるやうな幻覚を見たのはそれからであつた。幻覚？　と云ふと、何かぼうつと今にも消えてなくなりさうに空《くう》に浮かんでゐるもの、やうだけれども、私が見たのはそんな生やさしいものではない。私は『抱いて寝てゐるやうな幻覚』と云つたが、『やうな』ではなく、ほんたうに『抱いて寝てゐ』た実感が今もなほ腕や腿の肌にハッキリ残つてゐるのである。それは夫の肌に触れたのとは全く違ふ感覚である。私はシカと此の手を以て木村さんの若々しい腕の肉を摑み、その弾力のある胸板に圧しつけられた」

これは平仮名によって書かれたサディストの妻の日記の一ページだが、片仮名によるマゾヒストの夫の日記では、こんなふうに記述される、――

「妻ハ明ケ方カラ例ノ譫言ヲ始メタ。『木村サン』ト云フ語ガ今暁ハ頻繁ニ、或ル時ハ強ク或ル時ハ弱ク、トギレトギレニ繰リ返サレタ。ソノ声ノ絶エテハ続キツ、アル間ニ僕ハ始メタ。………瞬時ニシテ嫉妬モ憤怒モナクナツテシマツタ。妻ガ昏睡シテヰルカ、眼覚メテヰルカ、眠ツタフリヲシテヰルカモ問題デナクナリ、僕ガ僕デアルカ木村デアルカサヘモ分ラナクナツタ。

………ソノ時僕ハ第四次元ノ世界ニ突入シタト云フ気ガシタ。忽チ高イ高イ所、忉利天《とうりてん》［須弥山《しゅみせん》の頂上にある天］ノ頂辺ニ登ツタノカモ知レナイト思ツタ。過去ハスベテ幻影デコヽニ真実の存在ガアリ、僕ト妻トガタダ二人コヽニ立ツテ相擁シテヰル。………自分ハ今死ヌカモ知レナイガ刹那ガ永遠デアルノヲ感ジタ。………」

こうしてこの大学教授の夫からは、自分が木村の「代役」であるという意識さえ消える。妻と同じように譫妄状態に陥った彼は、もう自分が誰であるかも分からない、――ただ妻の郁子の快楽に奉仕する性の奴隷と化した者だけが残る。彼はマゾヒズムの歓びの頂点に達する。それは『鍵』という小説の頂点でもある。

ときには教授は、半身が木村のグロテスクなモンスターと化する、――

「胴カラ生エテヰル首ガ、木村ニナツタリ僕ニナツタリ、木村ノ首ト僕ノ首トガ一ツ胴カラ生エタリシテ、ソノ全体ガ又二重ニ見エタ。………」

自分が打ち消され、恋敵の男に変容してしまうのである。木村に犯される妻に自分が変容するような……。これはもう、マゾヒズムなどという範例にはおさまらない、妻の愛人に自分が乗っ取られるという、狂気の幻覚の極限というべきだろう。

『美徳のよろめき』にも、節子が夫と交わりながら恋人の土屋の名を呼ぶ（呼ぼうとする）場面がある。

むろん、三島のヒロインは谷崎のヒロインよりはるかに節度のある、古典的なサド・マゾヒズムの複合した女性であるが、――「良人はあひかはらず酔つてゐたが、節子の世にもめずらしい挑みに応じた」ときのことである、――

「[良人は]辛うじてそれを果して眠つてしまつた。／節子はそのあひだといふもの、土屋の抒情的な唇を夢みてゐた。[……]危ふく土屋の名を呼ばうとした」

三島の場合、あくまでもクラシックに抑制された、美学的配慮の失われない「代役」である。とはいえ「節子」というその名が〈淑徳〉を表す女性が、夫に抱かれながら恋人の土屋の名を危うく呼びそうになったということは、彼女の「美徳のよろめき」を如実に表している。

貞淑な『純白の夜』の郁子は、「私はまだ操をけがしてゐるわけではないんだわ！　さうだつた。私はまだ楠さんに身を委したわけではないんだわ！」と考えるが、淫蕩な『鍵』の郁子も、木村と逢引きを重ね、「夫の註文に応ずるためにギリギリの瀬戸際まで試煉に堪へて来たけれども、これからは自信が持てなくなつてゐる」と言いながら、「夫が常に口癖にするオーソドックスの方法で性交をさへ行はなければ、貞操を汚したことにはならないと云ふ考が、何処かに潜んでゐる」。

ギリギリまで愛人に体をまかせるのも、夫の意に添うという意味では、娘の敏子のいわゆる「貞女の亀鑑」というわけである。『鍵』の郁子はそれゆえ、限界までいきながら、〈美徳のよろめき〉のなかに身を持しているといえよう。もちろん彼女は最後にその一線を越えるのであるが、少なくとも夫の意識に照らす限り、妻は夫の快楽に奉仕していると信じる（ように彼女は自分を思い込ませる）のである。

脚のフェティシズム

『純白の夜』と『鍵』の二人の郁子を結ぶもう一つの絆は、脚のフェティシズムである。

『純白の夜』の郁子が『鍵』の郁子のように、愛人と抱擁する場面では、抵抗する彼女の美しい脚がめざましい活躍をする（タイトルが示すように、二人はついに純潔［「純白」］なままで終わるのだが）、——

「郁子が最後の、思ひがけない抵抗をはじめたところで、堅固な知恵の輪のやうに組み合はされたこの両脚、このナイロンの靴下をとほして青い白墨で描いたやうな静脈のうかがはれる美しい両脚は、楠を手こずらせ、汗をかかせた。彼はまるで医師のやうな専門的な身振りを余儀なくされ、しかもどんなやさしい暴力をも不当と思はせる気高い半眼の美しさに［『鍵』の郁子の「時々彼女ハ眼ヲ半眼ニ見開イタガ、ソレハアラヌ方角ヲ見テヰタ」を参照。ここにも谷崎の郁子が三島の郁子を引用した痕跡がある］、我を忘れて戦ひを放棄しようと思ふ幾瞬間に悩まされた」

三島でも谷崎でも、男女はこのように愛の「闘争」を演じるのだが、三島にあってはどこまでいっても谷崎のような性の混沌たる涅槃がおとずれることはない。アポロの三島、ディオニュソスの谷崎という区別は保たれている（11・25の自決において三島はアポロからディオニュソスへジャンプしたのであるが）。

脚のフェティシズムにしても、谷崎の『鍵』におけるそれは、「不細工ニ歪ンデヰル脚ノ曲線ガ変ニナマメカシク感ジラレタ」というふうにリアルで即物的である。三島だとそれは、「すんなりした」典雅さを湛えて、ひたすら古典的な美意識にうったえる、――

「日本人にはめずらしい長いまつすぐな脚で〔『鍵』の郁子の脚が「歪曲美」と評されるのと対照的〕、暖炉の火にちかく温たまつたところは、いちめんに仄赤い斑《ふ》がうすい皮膚の下にひしめいてゐるやうに見える。素肌のときにも緊密な絹の靴下を穿いてゐるやうに見え、靴下を穿いてゐるときには素肌のやうに見えるのである。もし土屋が強ひて頼んだら、この脚にだけは接吻させてやつてもよいと節子は考へる」（『美徳のよろめき』）

「女のいない男たち」

これだけ精緻なエロティシズムの幾何学を展開する三島が、ゲイであったことは当然だろうという気がするが、次の『美徳のよろめき』の場面も、どこかゲイの性愛を思わせる、――

「土屋は薄色の上着の下に、胸のひらいた黒いポロシャツを着てゐた。節子がネクタイをさう好きでないと言つたのを憶えてゐたのである。彼の可成太いしつかりした首が、腕まくりをした腕のやうに、そのひらいた襟から抜きん出てゐた。節子はその頸を愛した。このごろでは好きなものをすぐ口に出す癖がついてゐたので、早速彼女はその頸を賞め、青年がやや顔を赤らめるのを快く眺めた。そして土屋はすぐさま節子の脚を好きだと言つた。節子はこれほどまでに自然な礼儀作法のやさしさに酔つてゐた」

こんなふうに青年の「頸」を賞めるのには、節子のまなざしをかりて、男性（三島）のまなざしがはたらいていると見做さなければならない。作者の三島は節子に成り切っている。作者は女になって、土屋の首を誉めている。三島の女性心理の分析の細やかさは、彼が女性の分身を身内に有していたからである。節子＝三島は、小説の鏡に自分を写すナルシスさながらに、まるで介錯されて落ちる自分の首を賞めるように、土屋の首を誉めている。

このとき節子は男になっている。ゲイの男になっている。ゲイとは端的にいえば、自分と同性の者を愛する、という意味で、自分を愛することではないだろうか？　三島が三島の首を賞讃するような、ナルシシズムが強力に機能している。

つまり、この性愛において、〈淑徳の不幸〉の女性は排除されている。〈女のいない男たち〉(★5)の世界が成立してしまっている。三島夫人瑤子の介入する余地のない愛の世界が成立してしまっている。瑤子夫人は、このジュスティーヌは、このサド侯爵夫人は、どんな振舞いをすればよいのであろうか？

三島瑤子夫人、逆襲する

この問いに答えるために、最後に、本章で「それなら、『サド侯爵夫人』は瑤子夫人のために書かれた戯曲だったのか？　瑤子夫人はこの芝居で最大限に称揚されているのか？　われわれはこの問いをしばらく問いのままで措いておこう」として残した問題に帰ろう。

よく知られるように『サド侯爵夫人』のラストには逆転劇が仕掛けられている。戯曲にとってもっとも重要な逆転である。

侯爵夫人ルネはただ称揚されるだけの淑徳の女性ではない。彼女は芝居の土壇場に来て、夫に対して多義的な意味を持つ（複数の解釈を許す）、ドラマティックな復讐を果たす。

ルネが母親のモントルイユ夫人やシミアーヌ夫人と話している終景に、家政婦のシャルロットが登場して来る。女ばかりの芝居に、一七八九年の革命でバスティーユ監獄から釈放されたサド侯爵が、――ルネの幻想のなかで赫奕《かくやく》たる光耀に高められたアルフォンスその人が――ついに戻って来たのである。

シャルロットがくり返し、サド侯爵を「お通しいたしませうか」と尋ねると、ルネはシャルロットを、「どんなご様子かときいているのです」と遮る。そこでシャルロットが答える、――

「あまりお変りになつていらつしやるので、お見それするところでございました。黒い羅紗の上着をお召しですが、肱のあたりに継ぎが当つて、シャツの衿元もひどく汚れておいでなので、失礼ですがはじめは物乞ひの老人かと思ひました。そしてあのお肥りになつたこと。蒼白いふくれたお顔に、お召物も身幅が合はず、うちの戸口をお通りになれるかと危ぶまれるほど、醜く肥えておしまひになりました。目はおどおどして、顎を軽くおゆすぶりになり、何か不明瞭に物を仰言るお口もとには、黄ばんだ歯が幾本か残つてゐるばかり。でもお名前を名乗るときは威厳を以て、こんな風に仰言いました。『忘れたか、シャルロット』そして一語一語を区切るやうに、『私は、ドナチアン・アルフォンス・フランソワ・ド・サド侯爵だ』と」

一同が沈黙する。そのときルネが、——

「お帰ししておくれ。さうして、かう申上げて。『侯爵夫人はもう決してお目にかかることはありますまい』と」

まず、サド侯爵に関して言えば、谷崎『瘋癲老人日記』の卯木老人にも匹敵する、ヒーローの老残ぶりである。サド侯爵も、卯木督助も、ともに惨めな老人だが、三島のサド侯爵はひたすら落ちぶれていて、谷崎の卯木は矍鑠《かくしゃく》たる狂気に身を持することに注意。ここにも谷崎の三島に対するサバイバルの意識を看取できる（もちろん、同年とはいえ、昭和四十年［一九六五年］十一月の『サド侯爵夫人』は、同年七月三十日の谷崎の没後に刊行されたものであるが——Ⅳ参照）。

一方、ルネはと言えば、彼女はもはや紛れもなく三島夫人瑤子である。瑤子夫人がついに夫を容認しなかったのである。〈淑徳の不幸〉に甘んじず、逆襲に転じたのである。最後にサディストの本性を現したのである。

この『サド侯爵夫人』ラストに姿を現す瑤子夫人ルネの肖像に、三島と谷崎の読者は、〈郁子（『純白の夜』）↓郁子（『鍵』）↓瑤子（三島夫人）〉と転移する、ＳＭの変容を重ねることができるだろう。最後にサド侯爵夫人瑤子は仮面をかなぐり棄て、夫を情け容赦なく追放することによって、まったきサディストの相貌を明らかにしたのである。

一九七〇年十一月二十五日、三島由紀夫は蹶起し、二度と帰らぬ人となる。彼の割腹と介錯による自決は、世にも悲惨なマゾヒストの死となった。

注

★1 芥川との「『話』のない小説」論争で、芥川が「話のない小説」、いわば純粋小説（純文学）を主張したのに対して、谷崎が物語性のある小説を主張したのは有名。

★2 女三の宮は『源氏物語』のヒロインで源氏の正妻。猫が簾を引き開けてしまい、貴公子の柏木に垣間見られ、やがて不倫の関係に発展、柏木との不義の子である薫を生む。鈴村著『村上春樹とネコの話』参照。

★3 ランボーとヴェルレーヌの場合、二人の間に「ブリュッセル事件」と称する発砲事件が起こった際（一八七三年七月十日）、警察当局はヴェルレーヌの尻の穴まで身体検査して、「能動的かつ受動的な少年愛《ペデラスティ》の習慣の痕跡」を立証している（ジャン＝ジャック・ルフレール『アルチュール・ランボー』）。

★4 『禁色』第九章「嫉妬」の「それは嫉妬だつた」を参照。ゲイの嫉妬は一般の恋愛関係より熾烈である。プルーストのシャルリュス男爵の嫉妬深さを見よ。マルセルのアルベルチーヌへの偏執的な嫉妬を見よ。谷崎（『卍』）・三島（「女方」［昭和三十二年］）・吉行淳之介（『闇の中の祝祭』）の嫉妬の構造を分析した、鈴村「第三のまなざし」（『小説の「私」を探して』所収）参照。

★5 村上春樹の短篇集のタイトル。村上はヘミングウェイからこのタイトルを〈引用〉している。ただし村上は三島のようにゲイの消息を描くわけではない。しかし村上が『女のいない男たち』というタイトルによって、ヘミングウェイのマッチョな世界を〈脱構築〉しているという意味では、村上の小説世界はゲイのムードに満ちている。『ノルウェイの森』や『スプートニクの恋人』のレズビアニズム、『色彩を持たない多崎つくると、彼の巡礼の年』のつくると灰田のバイセクシャリティを参照。

Ⅲ　覗く人の系譜
「月澹荘綺譚《げったんそうきたん》」(三島)と『武州公秘話』付『残虐記』(谷崎)

伊豆・下田——「月澹《あは》ク煙沈ミ暑気清シ」

三島由紀夫はその生涯を通じて特殊な〈見者〉《ヴォワイヤン》(ランボー)であった。見者とは一方では予言者、巫女、詩人であり、他方では、その堕落した形態としての覗き屋である。三島にはその二種の〈見る人〉の素質があった。いずれにせよ、そこでは視線が決定的な力を持つ。三島由紀夫はおそるべき目の人であった。

見る人・三島の運命をもっとも端的に表した短篇小説がある。題して「月澹荘綺譚《げったんそうきたん》」。昭和四十年(一九六五年)に「文藝春秋」に発表され、『英霊の聲』(昭和四十一年)と並ぶ三島の最後の短篇集『三熊野詣』(昭和四十年)に収められた。

『英霊の聲』が短篇二篇(「英霊の聲」と「憂国」)と芝居一篇(「十日の菊」)を収めた、〈二・二六事件三部作〉と呼ばれる、題材《モティーフ》先行の作品集であることを考えると、純粋な意味での三島の最後の短篇集といってよい集成が『三熊野詣』であった。

この集には「三熊野詣」、「月澹荘綺譚」、「孔雀」、「朝の純愛」、——以上四篇の短篇が収録され、とくに折口信夫をモデルとする表題作の「三熊野詣」は、三島の最高作と誉れの高い短篇である。この作品には短篇作者としての三島の天稟が集約されているが、本章では、一般に知られていない「月澹荘綺譚」を取り上げ、〈見者〉としての三島の問題を考えてみたい。

「私は去年の夏、伊豆半島南端の下田に滞在中、城山の岬の鼻をめぐる遊歩路がホテルから程よい道のりなので、しばしば散歩をした。滞在の第一日には岬の西側をとほり、強い西日を浴びながら、角を曲る毎に眺めを一変させる小さな入江入江を愉しんで歩いた」

こんなふうに短篇は書き出される。伊豆下田は三島鍾愛の海であった。とくに今井浜から下田にかけての東伊豆を愛した。

「私」という（名前のない）人物は、ほとんどニュートラルな語り手であり、遊歩者であって、「月澹荘綺譚」という物語にとっては傍観者といってよい存在である。

「明治の元勲の大沢照久が、城山の麓に月澹荘といふ別荘を営んだといふ話を読んだことがある。名前が気に入つたので憶えてゐたのでせう。いつか下田へ来たら見てみようと思つてゐたのに、案内書にも出てゐない」と、通りすがりの小屋にいた老人（勝造）にその別荘のことを尋ね、「月澹荘といふ名は、唐の呉子華の、／『月澹《あは》ク煙沈ミ暑気清シ』／といふ七言絶句から来てゐるにちがひない。夏の別荘には実にいい名だ。僕はそういふ方面の研究を少ししてゐるので……」

と自己紹介することからも分かるように、明治政治史の研究者が「月澹荘」という名前に惹かれ、伊豆の下田をぶらっと訪ねたのだが、老人に出会って、「月澹ク煙沈ミ暑気清シ」の七言絶句を詠じたばかりに、「あの異様な物語の中に身を涵《ひた》す羽目になつた」というのである。

まさに「月澹」という言葉の呪力であろう。この「月澹」はラストでふたたび取り上げられ、「月の澹《あは》い夜のことで」、「たうとう怖れてゐたことが来た」と語り出される、老人（いや、老人の勝造が語るこの場面では、老人ではなく若い頃の勝造）と侯爵夫人（ヒロイン）との最後の面会の場に出て来る。

「煙は沈んで低く這ひ、沖はあいまいに、湾口のあたりの眺めさへすつかり距離感が失はれてゐた。風はなかつたが、蒸暑さがさほどでなく、ふしぎな清らかな暑気とでも言ふべきものがこもつてゐた」

これは「月澹ク煙沈ミ暑気清シ」の七言絶句を、そのまま下田の風景に重ねて展開したものであるが、小林秀雄が三島との「文藝」誌上での対談「美のかたち」で『金閣寺』を評して言った、三島の「詩人」としての資質がもっとも明らかに出た、晩年（四十歳の作で、晩年というには早すぎる晩年だが）の散文の一つだろう。

紀行取材、あるいは取材紀行

この古詩の引用にすぐさま反応してきた老人の勝造から、問題の「綺譚」を聞くという小説の形式には、〈聞き書き〉という谷崎潤一郎が得意とした小説作法の影響が顕著に見受けられる。

三島のこの筆法の源流は谷崎にあったのだ。谷崎の『吉野葛』（昭和六年〔一九三一年〕）、『盲目物語』（同）、『蘆刈』（昭和七年）、『春琴抄』（昭和八年）、『聞書抄（第二盲目物語）』（昭和十年）といった語り物の名作群が思い浮かぶ。

関東大震災（大正十二年〔一九二三年〕）以後、関西に移住した谷崎は、昭和三年（一九二八年）の『卍』、『蓼喰ふ蟲』で才能を全面開花させ、生涯の伴侶となる松子夫人と出会うことによって、以後五年ほど爆発的な驚異の作家活動に入るのだが、なかでも『吉野葛』、『蘆刈』、『春琴抄』の三作は、聞き書きをする人が取材を兼ねるようにして旅をする話に特徴があり、この紀行文のスタイルが三島に影響を与え、「月澹荘綺譚」の特徴的な構造になっているのである。

谷崎の三島への影響という点では、実際は戦前のほうが顕著だった。「序」に引いたように、少年時代の三島は「刺青」（明治四十三年〔一九一〇年〕）、「少年」（明治四十四年〔一九一一年〕）等の初期短篇を愛し、『蘆刈』、『盲目物語』を耽読したという。昭和十四年の三島の短篇「館」については、作者自身の言として「説話体としての大鏡の模倣は、谷崎氏の盲目物語に刺戟され、『館』を私に書かせた」とあるし、昭和十七年の「みのもの月」については、川路柳虹に送ったところ、柳虹から、「みのもの月、大へん老巧の技で驚きました。谷崎の蘆刈を思はすやうな新しき古典の律調につゞられる物語の美があり詩があり、大へんよいものです」という評をもらっている。

三島は戦前にはそんなふうに谷崎を師と仰いでいたのだが、戦後すぐに川端康成の知遇を得て（新人の発見に目を光らせていた川端の網にかかったともいえる）、鎌倉の川端を訪ねた頃（昭和二十一年〔一九四六年〕）から、川端と師弟関係を結ぶことになった。

一つの仮定として、三島が川端ではなく谷崎に師事していたら、三島の作品も人生もずいぶん変わったかもしれないと思う。それが昭和四十年の「月澹荘綺譚」を書く頃に、また谷崎の薫陶が戻ったか、蘇ったかしたようだ。本稿でも三島を川端と対照して論じる従来のルーティンよりも、谷崎と対照すべきであるとの観点から、『三島ＳＭ谷崎』のタイトルを冠し、その主題の下に論を進める。
最初に引用した「月澹荘綺譚」の紀行文的な書き出しは、『春琴抄』の書き出しの、

「私は、折柄夕日が［春琴と佐助の］墓石の表にあか〳〵と照つてゐるその丘の上に佇《たたず》んで脚下にひろがる大大阪市の景観を眺めた」

とか、同書の、

「私は春琴女の墓前に跪いて恭しく礼をした後検校［佐助］の墓石に手をかけてその石の頭を愛撫しながら夕日が大市街の彼方に沈んでしまふまで丘の上に低徊してゐた」

とかといった、紀行取材、ないしは取材紀行の谷崎調スタイルを思わせないではいない。
なお、三島が書いた最初の谷崎論が「谷崎潤一郎氏著『吉野葛』読後感」という学習院中等科三年の作文で、昭和十四年の作（作者十四歳）と推定される読書感想文だった。作文担当は岩田九郎。「完全な理解と、芸術的な鑑賞眼を以て名匠の技を味つた趣が見える。その観察とその表現とは、実に作

郵　便　は　が　き

料金受取人払

麹町局承認

6889

差出有効期間
平成29年2月
28日まで
（切手不要）

102-8790

108

（受取人）
東京都千代田区富士見 2-2-2
東京三和ビル

彩流社 行

●ご購入、誠に有難うございました。今後の出版の参考とさせていただきますので、裏面のアンケートと合わせご記入のうえ、ご投函ください。なおご記入いただいた個人情報は、商品・出版案内の送付以外に許可なく使用することはいたしません。

◎お名前《フリガナ》　　性別　男 女　　生年　年

◎ご住所　　都道府県　　市区町村

〒　　TEL　　FAX

◎ E-mail

◎ご職業　1. 学生（小・中・高・大・専）2. 教職員（小・中・高・大・専）
3. マスコミ 4. 会社員（営業・技術・事務）5. 会社経営 6. 公務員
7. 研究職・自由業 8. 自営業 9. 農林漁業 10. 主婦
11. その他（　　　）

◎ご購読の新聞・雑誌等

◎ご購入書店　　書店　　都道府県　　市区町村

愛　読　者　カ　ー　ド

●お求めの本のタイトル

●お求めの動機　1. 新聞・雑誌などの広告を見て（掲載紙誌名→　　　　　　）
2. 書評を読んで（掲載紙誌名→　　　　　　）3. 書店で実物を見て　4. 人に薦められて
5. ダイレクト・メールを読んで　6. ホームページなどを見て（サイト名ほか情報源→
　　　　　　）7. その他（　　　　　　）

●本書についてのご感想　内容・造本ほか、弊社書籍へのご意見・ご要望など、ご自由にお書きください。（弊社ホームページからはご意見・ご要望のほか、検索・ご注文も可能ですのでぜひご覧ください→　http://www.sairyusha.co.jp.）

●ご記入いただいたご感想は「読者の意見」として、匿名で紹介することがあります

●書籍をご注文の際はお近くの書店よりご注文ください。

お近くに便利な書店がない場合は、直接弊社ウェブサイト・連絡先からご注文頂いても結構です。

弊社にご注文を頂いた場合には、郵便振替用紙を同封いたしますので商品到着後、郵便局にて代金を一週間以内にお支払いください。その際 400 円の送料を申し受けております。

5000 円以上お買い上げ頂いた場合は、弊社にて送料負担いたします。

また、代金引換を希望される方には送料とは別に手数料300円を申し受けております。

ＵＲＬ：www.sairyusha.co.jp

電話番号：03-3234-5931　ＦＡＸ番号：03-3234-5932

メールアドレス：sairyusha@sairyusha.co.jp

者ならではと思はれる節が多い。作者よ自愛せよ 岩田」という高い評価が与えられた。

こうした初期谷崎論に明らかなように、十四歳の三島が、谷崎の物語的小説ではなく、『吉野葛』、『蘆刈』、『春琴抄』等、紀行文を含む随筆風小説を高く評価したのは、後年本格小説家として大成する三島にしては意外に思われるかもしれない。このことは芥川を経由して谷崎と三島の〈物語〉に対する対応を考える上で、重要な論点を構成するだろう。

ここで問題となるのは、紀行と取材ということだが、谷崎においては紀行が取材に優先し、三島においては取材が紀行に優先した。とくに三島の取材は、長篇の場合、——『午後の曳航』（昭和三十八年刊。取材は横浜港）、『絹と明察』（昭和三十九年刊。取材は琵琶湖周辺）、『癩王のテラス』、『暁の寺』（前者は昭和四十四年刊、後者は四十五年刊。取材はインド、タイ、カンボジア）では、ペンとノートを手にした写真が残されていて、その綿密で熱心な取材ぶりが窺われる。

もう一つ、三島と紀行取材の関係で見逃してはならない作品に、初期の短篇「岬にての物語」がある。房総半島の一角「鷺浦」における、ある若いカップルの投身自殺と、主人公の十一歳の少年のかかわりを描いた名作で、昭和二十年七月九日から八月二十三日まで、敗戦を間に挟んで書き継がれた。「ある行のをはりに』があつて」、「昭和二十年八月十五日戦ひ終る」と、作者自身が原稿紙に注記したという（「八月二十一日のアリバイ」。この原稿紙は散逸）。『花ざかりの森』（昭和十九年［一九四四年］）に次ぐ著者の第二短篇集『岬にての物語』（昭和二十二年［一九四七年］）に初収録。

母の倭文重によれば（平岡梓『伜・三島由紀夫』に引用）、十二歳の夏に外房の鵜原（作中では鷺浦）に一か月ばかり滞在した体験を小説にしたもので、厳密にいえば取材ではなく、記憶を元にした作品だが、あるいは少年時代のノートがあって破棄したのかもしれない。そう思われるほど紀行取材の手法が有効にはたらいている（その結果、三島研究家の佐藤秀明は鵜原を実地調査した研究を発表しているほどである）。

三島が「岬にての物語」に「』」という括弧をもって記念とした終戦の日の記述を、谷崎が一九四五年の終戦の日の八月十五日に、どのように書いているかを、谷崎と三島の比較の一助に引いておこう。

谷崎は岡山県の勝山に疎開中、終戦を迎えた、――

「十二時少し前までありたる空襲の情報止み、時報の後に陛下の玉音をきゝ奉る。然しラヂオ不明瞭にてお言葉を聞き取れず、ついで鈴木首相の奉答ありたるもこれも聞き取れず、たゞ米英より無条件降伏の提議ありたることのみほゞ聞き取り得、予は帰宅し二階にて荷風氏の『ひとりごと』の原稿を読みゐたるに家人来り今の放送は日本が無条件降伏を受諾したるにて陛下がその旨を国民に告げ玉へるものらし、警察の人々の話なりと云ふ。皆半信半疑なりしが三時の放送にてそのこと明瞭になる。町の人々は当家の女将を始め皆興奮す。家人も三時のラヂオを聞きて涙滂沱たり」（「疎開日記」）

家人が「皆興奮」していたり、「涙滂沱」していたりするのをかたわらに、谷崎本人は（そのころ同地に疎開していた永井荷風のことも記録されていて興味深いが）、淡々として敗戦という国家の事変に対処する、〈大人《たいじん》〉としての悠揚迫らざる態度が窺える。日記とか紀行など、いわゆる出来事と〈同時進行〉する記述の力だろう。

三島の場合どうかというと、日記的記述としては先の「岬にての物語」の原稿に記された「』」があるが、昭和三十年に毎日新聞に書いた「八月十五日前後」には、「豪徳寺の親類の家で「病気の」予後を養つてゐるとき、終戦の大詔が下つたのである」とあって、やはり「興奮」もしなければ、「涙滂沱」もしない、二十歳の三島を見出すことができ、――「父はその場のいきおひで／『これからは芸術家の世の中だから、やつぱり小説家になつたらいい』／とひどく理解のあることをいつたが、数年たつとまたぐわんこ親爺に逆戻りして、私は官吏にさせられた」という落ちがついている。

夏茱萸《ぐみ》の実が反復する

さて、「月澹荘綺譚」の老人が「私」に話す物語とは、明治の元勲大沢照久の嫡男照茂とその妻の物語である。「その若奥様が、二代目の殿様のところへお輿入れになつた最初の夏、はじめてお揃ひで月澹荘へお出でになつた。実に美しい方でね。大正十三年の夏のことだつた。……」と、勝造という老人は語り出す。

この短篇で証人であり見者の位置にある主要な人物は、勝造の話の主人公となる月澹荘の二代目の当主、大沢照茂である。

この照茂こそ、作者の三島由紀夫その人に重ねられてしかるべき人物である。彼は美しい透明な目を持ち、「じつと静かに見て、たのしんでゐる。行為は必ず、人に命じてやらすのだ」。スケッチ・ブックを抱えて絵を描くという、「当時もつともハイカラな趣味」を道楽とする、「見ること」に淫した人だったのである。

「私」が老人の話を遮って、「あなたがここへ来るとき、何故改まつて着更へをしてきたか、僕には何だか気になつたが……」と言うと、老人は、

「お邸跡へ来るときはいつも着更へをするのだ。ここはもと、あの美しい若奥様が、庭の花を摘まれたり、茱萸の実を摘まれたり、お女中を連れて散歩されたりした場所だからだ」

老人のこのせりふで短篇は「三」に移るが、これは能に近い構成である。「私」がワキで、老人がシテだ。老人が照茂の妻をくり返し「美しい」と評するところに、短篇の主たるヒロインがこの女性であることが示唆されるが、ここでは「茱萸《ぐみ》」の実の反復に注意したい。

この「茱萸」は短篇冒頭、伊豆半島南端の下田の海の描写の途中で、

「私は岩にもたれて、そこかしこを眺め渡した。荒磯は夕影に包まれてゐるのに、海は夢のやうにかがやいてゐた。／見上げると、私の背後には西島の断崖がそそり立ち、その頂きには松が生ひ、木々が繁つてゐる。岩のあらはな集積が、やがて頂きに近いあたりで、はじめて草の芽生えをゆるして、そこから上方へ徐々に稠密に緑に犯され、繁みの下かげには黄いろい小花や、灌木をつけた点々とした赤い実も見えてゐる」

という「赤い実」にすでに予兆的に点在していて、――「夏茱萸ではないかと私は思つた」と明確に「夏」と「茱萸」の主題が提示される。

同じ茱萸は「二」に入ると、「実に獣的なものを感じさせ」る、「何か暗い獣の魂のやうなものを想像させ」る、と繰り返しその獣性を指摘される老人（勝造）の指さすところにも、不吉に飛び散った血の色を垣間見させる、――

「そこは山ふところに白い石の露床があるだけで、粗末な小屋が崖際に立ち、人影は見えなかつた。赤い点々としたものが草のあひだに散つてゐるのは、茜島で見たのと同じ夏茱萸らしかつた」

そして老人が「月澹荘綺譚」を語り出すときにも、

「彼は一つの石に腰を下ろすと、傍らの草むらから夏茱萸の実をつまみ取り、それを口に入れるでもなく、不機嫌に指の中でおもちやにしてゐた」

とあるだけではなく（そのことによっても〈綺譚と茱萸〉、〈言葉と物〉の相互貫入［invagination（デリダ）］の構造は明らかか）、老人が「やがてあけたその掌は真赤に染つた」の一文によって、短篇の主題が夏茱萸にあり、ラストで見るように「真赤に染つた」眼窩、その〈血〉にあることを明示する。

「たえず誰かに見られてゐる」

「四」で老人の話は照茂の結婚の話に移る。新婚の夫婦が月澹荘にやって来て、「そこではじめて勝造は新夫人に紹介された。仰ぎ見るのも憚《はばか》られるほど美しい人だ」と勝造は思う。こうしてようやくヒロインが短篇の正面に「出現」する（「美しい照茂夫人の出現」と短篇にある）。

その美しい夫人が勝造にこんなことを打ち明ける、——

「ここへ来てから、私は何だか……」としばらく黙って、「……何だか、たえず誰かに見られてゐるやうな気がする」と。

つまり、これはどうやら一種の眼球譚（バタイユ）であることが示唆されるのだが、誰が侯爵夫人（この呼び名は『サド侯爵夫人』のルネを思わせることに注意。ルネは当然、三島夫人瑤子を喚起する）を、こんなふうに絶えず見ているのであろうか？　監視しているのであろうか？

読者とともに勝造は、まず侯爵（当然、こちらはサド侯爵を喚び起こす。すなわち三島由紀夫である）ではないかと考える、——「じつと見ている目は、勝造の知るかぎり、照茂のあの動かない目しかない」。夫人は「結婚以来自分をじつと見つめて放さない良人の目のことを言つてゐるのではないか」と若い勝造は疑う。

このとき実をいうと若い勝造は物語の核心に入ったのであるが、勝造はそのことに気づかないか、気づかないフリをしている（その区別はつかない）。夫人が不安に感じる誰かのまなざしは、まだこの段階では夫の侯爵の目ではない。しかし勝造は夫人の怖れの背後に、もっと本来的な恐怖を予感している、——

「勝造の心には痺れが走つた。夫人の体があんな風に良人に見られてゐるといふことは、夫婦だから当然のやうでもあるが、勝造にとつては胸の詰るやうな思ひのする想像であり、その想像には恐怖もまじつてゐた」

この段階ではまだ照茂の奇怪な〈見ること〉の犯行は伏せられている。そもそも照茂はいかなる犯行をも犯さない。彼はふしぎな証人にすぎないのである。〈見る人〉にどんな罪が犯せるだろう。こうして、タイトルに含まれる「綺譚」が、谷崎風の血と恐怖のおどろおどろしい物語であることが分かる。そして若い勝造は真相暴露の一歩手前までゆく、——

「恐怖は照茂の結婚前の夏の［「私」も言うように、老人の話は「しきりに後先《あとさき》する」。とりわけ繰り返される「夏」というのは、いつの夏のことなのか、ことさら不明瞭な書き方を作者はしている］、一つの小さな事件にまつはつてゐた。あのときの［いつのことか。この〈時〉は先にならないと分からない］照茂の短い冷たい命令、あのときに進行した一連の行為の白けた忌はしさ、あのときちらと見た照茂の目の動かない瞳、あのときのあたりの茱萸の実の紅……」

すべての主題がここで呈示されるが、その焦点はダブル三点リーダー（……）でぼかされる。その〈時〉

が明示されない限り、「綺譚」のこの煙幕は晴れないで、「月澹ク煙沈ミ暑気清シ」のままである。謎を少しずつ呈示するミステリーの常套だ。こんなふうにして「月澹荘綺譚」がホラーであり、谷崎の怪奇物（「ハッサン・カンの妖術」［大正六年］、「人面疽」［大正七年］など）といってもおかしくない恐怖小説であることが、少しずつ開示される（山本健吉が「『綺譚』の背後に人生が皆無」と評したこの短篇の批判は、ミステリーやホラーを読みなれていない純文学評論家の誤読だろう）。

勝造の言う「むしろ照茂の目が、はつきりした軽蔑なり喜びなりを示してゐたら、もつと安心できたであらう」とは、最後のアポカリプス（秘密の開示）を知らない者には、なんとなく納得できない表現にとどまる。

「その目はうつろにひらかれて、目の前の事象を吸収し、……いはば曇つた白い吸取紙のやうに、無限に吸ひ取るだけだつた。／その目の前に夫人の裸身がさらされ、愛撫よりもただじつと見詰める目が、不必要に永い時間、新妻の心ををののかせたのではないかと考へると、若い勝造は慄然とした」

ここに本篇のヒロインはその裸身を余すところなくさらすのだが、読者は一枚のヴェールをかけられた出来事の話を聞かされているような隔靴掻痒の感を抱くだろう。

勝造の知っていて、夫人の知らないことがある。いや、うすうす異常を感じていても、夫人の目にもまだヴェールで隠されている真実がある。彼女の矜持《きょうじ》が言わせないスキャンダラスな事情がある。

だから「夫人の言ふのは、その意味ではなささうであつた」と、侯爵夫人は勝造をして事の真実から話題を逸らさせてしまうのである。

そのとき夫人が危惧したのは侯爵の目ではなかった。侯爵の目と対峙し、その目と争う、もう一つの目があった。

「私が庭に出て花を摘んでゐるときなど、まはりに誰もゐない筈なのに、生垣の間からじつと覗いてゐる目があるやうな気がして、女中を呼んだことが何度かあるのよ。女中が門の外へ見に行くと、ぱたぱたと急に草履の音が遠ざかることもあつたわ」

こうして本篇の第二のヒロインが登場して来る。登場して来るというより、遠ざかり、消えて行くといったほうがいいかもしれない。この娘は勝造の話の中にしか姿を見せない（いや、そういえば、この娘も、若い勝造も、侯爵夫人も、侯爵も、物語の主要人物は、老人の勝造と、彼の話に耳を傾ける「私」を除いて、全員、老人の話の中の人物なのであるが）。「この村に白痴の娘がをります」と若い勝造は夫人に言う、——「君江といふのです。別に害はしませんが、そこらをうろうろして、子供に石をぶつけられたりしてゐます。それでも全然怒りません。ひよつとしたら、その娘かもしれません」。

まあ、気味のわるい、と言って、夫人は「殿様はその女を御存知なのかしら？」と尋ねる。すると、と語り手（「私」）は書いている、——

「勝造はわれながら巧い返事をした。／『はい。御存知なのだと思ひます。しかし、奥様をお怖がらせてはいけないから、黙つておいでなのだと思ひます。ですから、私から申上げたのは内緒にしておいて下さい。もし覗くやつが君江だつたとしたら、私が見張つてゐて、お邸へ近づけないやうにします』」

「覗くやつが君江だつたとしたら」という言い方は、むろん言外に、照茂侯爵を含意した表現である。作者の三島由紀夫も、特殊な〈見者〉であり、覗く人であるというのが、本章のテーマであった。しかし勝造はここでも皮肉な仕方で〈侯爵＝三島〉の本題を迂回していく。

「――そこまで話すと、［老人の］勝造は大へん不手際に話を飛ばして、いきなり月澹荘が火事になつた日のことを語りだした」

憑依する月澹荘炎上

とはいえ、ここで「いきなり」話を飛ばしたのは、老人の勝造であるというより、作者の三島である。いわば作者がここに非連続な中断の線を入れたのである。ここで「中断 interruption」というのは、ブランショの主要な論文の一篇のタイトルを含意している（『終わりなき対話』所収）。老人の勝造が「大へん不手際に話を飛ば」すところで、三島は巧妙な技法をもちいて、ここに月澹荘の火事の挿話を入れる。

「月澹荘が焼けたのは今の話［夫人が覗く人のことを若い勝造にした話］の翌年の晩秋である。どうして彼がそんな風に、俄かに月澹荘の焼亡へ話を持つて行つたのか、私にはわからなかつた」

注意してほしい。いうまでもないことだが、この「私」は明治の政治史を研究する一介の学究である。この名前のない人物の分からないことが、作者には分かっている。作者はここで彼の畢生の名作『金閣寺』（昭和三十一年［一九五六年］）のことを思い出しているのである。

作者は、――作者とともに勝造も――出火の原因は不明と言っている。この火事の挿話は、だからストーリーとは無関係なところに置かれて、いわばストーリーに〈憑依〉するような場所に位置している。ブランショやデリダなら〈非―場所〉に憑く、と言っただろう。さ迷える火事、あるいは亡霊の火事、と。

「月澹荘綺譚」では、その火事はこう描かれる、――

「それはいかにも静かに、螢籠のやうに燃えてゐた。この邸の古い木組はしんみりと火に身を委ね、火はいたるところへ延びて、母屋も洋間も離れも一時に火に包まれ、入江の反映は、海の波の起伏を夜目にもあきらかに見せた。焔は城山の頂きよりも秀で、火の粉は海のおもてにも夥しく落ちた」

一方、『金閣寺』の場合、青年僧の放火によって起こる火事であるから、それは小説のクライマックスに置かれ、長篇を古典的に終わらせる悲劇的な出来事を構成する。主人公の溝口は（京都の）左大文字山の頂きへ駈けのぼったところである、——

「身を起して、はるか谷間《たにあひ》の金閣のはうを眺め下ろした。異様な音がそこからひびいて来た。爆竹のやうな音でもある。無数の人間の関節が一せいに鳴るやうな音でもある。／ここからは金閣の形は見えない。渦巻いてゐる煙と、天に冲《ちゆう》してゐる火が見えるだけである。木の間をおびただしい火の粉が飛び、金閣の空は金砂子《きんすなご》を撒いたやうである」

月澹荘の静かな焼亡と、金閣寺のドラマティックな炎上と。対照的な二つの火事を比較していただきたい。金閣寺の炎上は長篇のラストに置かれ、ストーリーにがっちりと組み込まれているが、月澹荘の炎上は出火の原因も、もし放火であるとすれば、その犯人も、なにもかも不明な出来事である。作者は〈何のために〉短篇のここに火事を持って来たか分からない。いうなれば、浮遊する亡霊のような火事である。それだけにこの火事の美しさは比類がない。これは近代小説のコードには入らない、ポスト・モダンな火事というべきかもしれない。自決の五年前、昭和四十年（一九六五年）に三島がこういう小説を書いたことの重要性は、忘れてはならないだろう。(★1)

「火事の起る前の年の夏」

しかし作者は月澹荘炎上のア・トポス（非―場所）な問題など素知らぬふうに、「［若い勝造に］東京から照茂夫人の懇切な手紙が届き、自分は別荘の焼けたことをむしろ天の恵みと考へてゐること、［……］等々がやさしい口調で直接話しかけるやうに、縷々と書かれてゐた」と、夫人から来た手紙に話題を移し、そこからそれこそ「いきなり」物語の核心に切り込む。

ここでも、切り込む（中断［interruption］を入れる）のは夫人でも若い勝造でもなく、老人の勝造と向かい合う語り手の「私」である、――

「私はそこまできいて、なぜ照茂が自ら幼な友達を慰める手紙を書かず、夫人が直接に書いたかといふことに疑問を持つた」

すると、勝造の返事は簡単なものであつた、――

「死人には手紙は書けません。照茂様はもうお亡くなりになつてゐたのです」

次の「私」の質問は重要である、――

「亡くなつたのはいつのことです」

勝造の返事はさらに重要である、――

「火事の起る前の年の夏です」

まるで火事は作品のクロノロジーを明確にするために起こったかのような書き方がしてある。火事が出来《しゅつらい》したところで、縺れに縺れた「月澹荘綺譚」の年代記を整理してみよう。

最初にまだ語られない事件があって、その後、照茂の結婚があった。大正十三年の夏のことである。同じ年の夏、夫人は若い勝造に「たえず誰かに見られてゐるやうな気がする」と打ち明ける。君江という白痴の娘のことではないかと勝造は言う。その年の夏、照茂は変死する。翌年の夏（何度目の夏だろう）、夫の一周忌に、夫人が一人で月澹荘に滞在し、勝造を呼び出す。呼び出された勝造は、「たうとう怖れてゐたことが来た」と覚悟する。照茂の死因を問われ、勝造は真相を暴露し、夫人も夫の秘密を明かす。夫人が東京に帰ってから、同じ年に原因不明の火事が起こる。夫人の手紙が勝造に来る。この手紙のことを聞いて、「私」はなぜ貴夫人が若い勝造に手紙を書いたのか疑問に思い、問いただす。そこで時間は巻き戻され、勝造は、照茂の死と、その死因、君江の存在、等々を「私」に――すなわち読者に――明かす。一切が〈最初の出来事〉に回帰する。

こんなふうに「月澹荘綺譚」には、二重の時間が相前後して流れている。物語が縺れるのは、老人の勝造が「私」に話す現在時と、勝造の話に生起する四十年前の出来事の時間が、重複し、縺れ、交錯しているからである。
最初にあった奇怪な出来事（未だ語られざる）と、最後に置かれる（謎のコードを担う）原因不明の火事が、「月澹荘綺譚」という短篇の物語の両端を囲繞する構成になっている。それだけ、最初の事件と最後の火事が作品にとって重要な意味を有するということである。

「月澹荘綺譚」は〈眼球譚〉（バタイユ）である

さて、その最初の出来事は、老人が永いあいだ口をつぐんでしまってから、ようやくのことで語り出される。老人の勝造はそこでも「たまたま指に触れた茱萸の実をつまんで、それを掌にころがし」ていて、短篇の主題である赤い血の色をした夏茱萸を、手のなかで転がしているようである。

「老人が私に語りたいことは、その先にあることがわかつてゐた。しかしもつとも語りたくないことも、おそらくその先にあつたのだ」

「その先にあつた」——「その前にあった」といってもよい。時間の後先が前後している。老人が話すこととしては最後に来るが、物語のクロノロジーとしては最初に来る、そういう出来事である。未亡人に問われて、「はい。何もかも申上げます」と、若い勝造は口を切る、「御結婚の前の年の夏でございました……」。
またしても「夏」であるが、いまはそれを措いて、これがいままで隠蔽されてきた、そもそもの始まりの出来事、「月澹荘綺譚」の核心を構成する〈眼球譚〉であることが重要だ。この最初の出来事も、当然のこととして、繰り返し回帰する〈夏〉に起こる。

——照茂は勝造を連れて城山に登る。山の頂きで、調子外れの唄声が聞こえて来る。白痴の君江だな、と勝造は思う。君江は夏茱萸の実を摘んでいる。そのときである、侯爵は娘の腰のあたりをじっと見つめたまま動かなくなる。一種のトランス状態に入るのである。そして勝造に、理不尽にも娘を犯すよう命じる。若い勝造は、——老人の勝造の属性として最初に「私」が認めた獣性を発揮して、——「獣のやうな振舞」に及ぶ（老人の勝造は「私」との出会いのときから、「実に獣的なものを感じさせた」とあった）。

「私は半ば夢中で、自分も目をつぶつて、しやにむに目的を遂げようとしてをりましたが、ちらと目をひらいたときに、思はず娘の顔をではなく、殿様のお顔を見てしまひました。／殿様はあの澄んだお目で、体をかがめて、必死に抗《あらが》ふ君江の顔へできるだけ顔を近づけて眺めておいででした。君江もさういふ殿様に気づいてゐたと思ひますが、私はあばれる娘の両腕をしつかり押へてゐましたから、多少とも殿様に危害を加へるやうなことはなく［君江は暴行する勝造をではなく、間近に自分を見る侯爵を怨む］、つまり、いつものごとく、殿様は安全な場所から、しかも安全で一等近い場所から、娘の顔をじつと見つめてをられたのであります。／娘は涙をため、奇妙な子供らしい咽《むせ》び声を立てながら、白い咽喉を動かして、何とか殿様のお目から顔をそむけようと努めてゐました」

このようにして、この世界でもっとも人智を越えた、奇妙な、倒錯した犯罪が犯されたのである。いうまでもなく、この話は老人の勝造の口を通して「私」に伝えられ、さらに私たち読者のもとに届けられる、——すなわち「月澹荘綺譚」として。

「……これが、御結婚の前の夏に起つたことのすべてであります」と勝造は夫人に話し終える。ここで「月澹」のテーマが最後に、ふたたび奏される、——「夫人が顔を月に煙る庭へ向けて」と。この煙は「月澹ク煙沈ミ暑気清シ」の七言絶句の煙であると同時に、一年後に月澹荘を灰燼に帰する火事の煙でもあろう。このとき私たちはこの火事が「月澹荘綺譚」という悲劇の正確な暗喩であることを知る。

受け渡される夏茱萸《ぐみ》の血の色

しかし年老いた勝造の「私」に話す物語は、それで終わらない。当然、若い勝造と侯爵夫人の話し合いもまだ終わらない。今度は夫人の話す番である。最後まで秘められていた秘密が明かされる。侯爵夫人がこのときほど『サド侯爵夫人』ラストのルネや、三島夫人瑤子に似通うときはない、——

「淡い月かげに、端居《はしゐ》の夫人の横顔のすさまじい美しさが浮んだ。勝造はこんなに麗はしい横顔を見たことがない。それは、人間界へ背を向けた人の、白い石の薄片に刻まれたやうな横顔で、多少鋭すぎる鼻柱も、唇へつづく優美な線によつて和められ、夫人のこころもち受口の下唇の臙脂《べに》は、そのとき黒ずんで、水を打つたやうに光つてゐた」

ここには瑤子夫人に仮託して三島が描いた女性の、もっとも理想化された美しい横顔がある。プルーストも言うように、ホモセクシャルの男性が、——性欲に乱されないから——、もっとも美しく女性を描くことができるのである。

自決の五年前の作だが、この頃から三島は夫人への訣別を考えていたのかもしれない。これは作家が妻に贈った遺書のようなポートレイトだったのだ。

無論、文中にある「こころもち受口の下唇の臙脂《べに》」は、夏茱萸の紅である。「私」にその話を伝える老人の手のなかで、「月澹荘綺譚」の物語のように転がされていた夏茱萸の実も、「光を失つた掌の中では黒々と見えた」とあった。

夏茱萸の血の色が、老人の勝造から若い勝造へ、そして夫人の唇へ、受け渡されてゆく。最後にそれはどこへ行くのだろう?

その夏茱萸の色をした夫人の唇から、最後の終末《アポカリプス》の出来事が語られる。いや、出来事の不在が語られる、——

「私たち夫婦は、結婚以来、只の一度も、夫婦の契りをしたことはなかつたんです。殿様は、……あなたも御承知のとほり、ただ……何と言つたらいいか、ただ、すみずみまで、熱心にご覧になるだけでした」

瑤子夫人がこの侯爵夫人と同じ境遇にあったとは言わない。しかし、ゲイの三島が夫人を遠ざけていたことは事実だろう。夫人の美しさは夫に眺められるだけの、夫の疎遠によって刻まれた美しさであったろう。一方、三島由紀夫のあの市ヶ谷台における凄惨な死は、次の侯爵の死顔に酷似するものだったろう。

勝造は、侯爵は殺されたのです、と語り、殺したのが君江だということはすぐに分かりました、とつけ加える。「どうして君江がやつたこととわかつたのですか」という夫人の問いに、勝造は答える、――

「殿様の屍体からは両眼がゑぐられて、そのうつろに夏茱萸の実がぎつしり詰め込んであつたのです」

『マダム・エドワルダ』（バタイユ）と『O嬢の物語』（レアージュ＝オーリー）

「月澹荘綺譚」の主人公である侯爵は、奇妙な〈覗く人〉である。そもそも彼を覗く人と呼ぶことが正しいかどうか、疑わしい。覗く人は一般に、自分の身を隠して覗く、――身を隠すことに覗きという行為の密かな愉悦があるとでもいうように。ところが侯爵はみずからの〈覗く人〉の全身を、犯される君江にも、犯す勝造にも、余すところなくさらしている。

こういう奇怪な覗きの一例をバタイユの『マダム・エドワルダ』に見ることができる。

「マダム・エドワルダ」と呼ばれる娼婦は、タクシーの運転手と交わるところを「私」に見られながら、恍惚の絶頂に達する。しかしこの「私」は侯爵と違ってエドワルダの恋人であり、ある意味ではマゾヒズムの極みにおいて、——バタイユはマゾヒズムという語は使わないが、——エドワルダの快楽を〈見る〉のである。

バタイユ的な性のオージー（饗宴）と三島のクラシックなエロティシズムを比較することの無理を承知な上で、また、バタイユの代表作と三島の小粒な短篇を並べる不公平を認めた上で、『マダム・エドワルダ』におけるバタイユ的〈覗き〉の場面を比較のために引用してみよう。文中で「彼」とあるのは運転手で、「彼女」は娼婦エドワルダである（翻訳は鈴村）、——

「彼が私の隣りに来て腰を下ろすと、後につづいて、彼女が男の上にまたがった。欲望に駆られるままに、彼女は手を使って運転手を自分のなかに導き入れた。私は身じろぎもせずにじっと見ていた。彼女はゆっくりと狡猾に腰を動かした。見ただけでも明らかだが、そこから強烈な快感を抽き出しているのだ。男は女に応えていた。彼は荒々しく全身で彼女にぶつかっていった。[……]そして私は見た、——彼女の奥底で、凝固したものがめくるめいているのを。セックスの根元のところで、彼女を浸す洪水が、涙となって溢れ出し、眼球から迸った。その眼球のなかでは、愛は死んでいた。暁の冷たさがそこから湧き出ていた、——私が死を読みとった透明なものが。そしてすべてがこの夢のまなざしのうちで結ばれていた、——裸の体も、肉をこじ開ける指も、私の苦悩も、唇に垂れるよだれの追想も。死に向かって滑り込む、この盲目の運動に寄与しないものは何もなかった」

「最後の戦慄が彼女を捉えた。ゆっくりと、それから彼女の体が、泡立ったまま、弛緩していった。タクシーの底で、運転手は、愛のいとなみが果てた後、寝ころがっていた。私はなおもエドワルダを頸で支えていた。結び目がほどけた［原文は le nœud se dégagea。その意味は「ペニスがヴァギナから抜けた」。生田耕作訳は「つっかえをはずし」、中条省平訳は「手をはずし」と、ともに誤訳である］。私は彼女が横になるのを手伝って、汗をぬぐってやった。死んだような目をして、彼女はされるがままだった。私は車内灯を消した。彼女は子どものように、なかば眠りに落ちた。同じ一つの眠りが私たちに重くのしかかった、――エドワルダと、運転手と、私に」

三島とバタイユの違うところは、――バタイユの熱心な読者であった三島は意図的に自分とバタイユの違いをきわだたせているのだが、――「月澹荘綺譚」における侯爵のおそろしいまでの冷静さと、『マダム・エドワルダ』における「私」とエドワルダ、そして運転手の、めくるめく陶酔である。この相違によって、君江がなぜ侯爵を許せなかったか、エドワルダがなぜ「私」と陶酔を共にし、「私」と一体となるか、という疑問も解かれるだろう。

侯爵の奇怪な覗きは、クラシックなスタイルを取る『O嬢の物語』の次の場面に近いかもしれない。Oは恋人のルネのセックスを口に入れながら、女たちや男たちの眺めるままになっている、――

「［……］硬くなった肉で満たされ、すでに半ば猿轡《ぐつわ》を噛まされたような口で、それでもOはまだ『愛してるわ』と呟いた。二人の女たちはルネの右と左に立っていたが、ルネは女たちの肩に両腕を預けて体を支えていた。Oは見物している男たちが注釈をつける声を聞いていた。しかし男たちの言葉を通して、Oは恋人の呻き声に注意していた。彼女は注意深く愛撫を続けた、――彼に気に入られるように、ゆっくりと、無限の尊敬を込めて。あたしの口は美しいんだわ、とOは感じた。というのは、恋人が彼女の口にセックスを突っ込み、皆の見ているところで愛撫に身を委ね、最後に口のなかに射精してくれたのだから。彼女は神を受け入れるように彼を受け入れた。彼が叫ぶのを聞き、他の男たちが笑う声を耳にした。そしてOは精液を口に受けると同時に、床に顔をぶつけて崩れ落ちた。二人の女がOを抱き起こし、今度は彼女を連れ去って行った」（鈴村訳）

あるいは、ルネがOをステファン卿に譲り渡す場面、――

「ステファン卿が暖炉の火をかきたてた。突然ルネがソファの後ろにまわり、Oの首筋と髪をつかんで、ソファの背に頭をおさえつけ、彼女の口にキスをした。長くて、深いキスだったので、彼女は息切れし、腹がとろけて、燃えるのを感じた。彼は、愛してるよ、と言うときだけ口を離し、そう言うとすぐに、彼女をまた抱くのだった。Oの両手は力をなくし、掌を仰向けに、打ち棄てられて、彼女のまわりに花冠のように拡がる黒いドレスの上に投げ出されていた。ステファン卿が近寄った。そしてルネがOをついに全く手放してしまうと、彼女が目をひらいて出会ったのは、イギリス人［ステファン卿］の灰色のまっすぐな視線だった」（同）

セレモニーのように進行するセックスの情景も三島の世界に似通うし、ルネに所有されるOが、ステファン卿の視線と出会うのも、「月澹荘綺譚」の君江が勝造に犯されながら、侯爵の視線に射すくめられるのと似通うが、ルネにしても、ステファン卿にしても、Oを大事にし、Oを愛している点が、侯爵の君江に対する態度と大きく異なっている。Oを奴隷のように扱いながら、男たちはOを放っておかない。ある意味ではOに慇懃を尽し、Oに奉仕しているのである。

なお、参考までに付言すると、三島と『O嬢の物語』の作者には、パリにおける邂逅があった。昭和四十年（一九六五年、「月澹荘綺譚」発表の年）、三島は「自作の映画『憂国』の試写会で興奮を味わい」、「ガリマール社では、評論家で『O嬢の物語』の作者であるドミニク・オーリー（別名ポーリーヌ・レアージュ）と出会い、『午後の曳航』の英訳を絶賛される。のちにオーリーは三島の短篇を何篇か英語からフランス語へ訳すことになる」（ジェニフェール・ルシュール『三島由紀夫（ガリマール新評伝シリーズ）』［鈴木雅生訳］）。

「月澹荘綺譚」の侯爵が君江と勝造の性行為をひそかに、たとえば覗き穴のようなところから、覗いたのだとすれば、たとえその覗きが後にばれたとしても、君江は侯爵を許すことができたかもしれない。しかし、侯爵は全身を覗かれる人にさらして覗いた。この余りにも異常な覗きが、君江には耐えられなかったのである。至近距離で、顔をちかぢかと寄せて、犯される女の顔を静かに眺めつづける。侯爵はいささかの興奮をも示していない。冷静そのものである。――こんな覗きに耐えられる人がいるだろうか？　勝造はおそらくその〈獣性〉によって、侯爵の余りに倒錯した覗きに耐えることができた。しかし君江にはそれができなかったのである。

三島由紀夫と〈覗く人〉たち

他にも、三島の何篇かの長篇で、何人かの〈覗く人〉に、私たちは出会うことになる。実に三島の晩年の作品は、〈覗く人〉のオンパレードといってよい。

『豊饒の海』全四巻の幕切れにおいて、功成り名を遂げた老いたる弁護士の本多繁邦は、夜の神宮外苑というオープンな場所で覗きに及ぶが、それでも彼は樹木の蔭に身を潜めて、服装も目立たないように「黒い夏物の背広と鼠色のスポーツ・シャツ」を纏う。しかし「色情のかげもないこの整々たる広場に佇んで、本多はふと、自分が胎蔵界曼荼羅の只中に立つてゐるやうな心地」がする。三島がなぜ本多のこの覗きの場面に、大日如来の住する胎蔵界曼荼羅の世界を思い描いたのかは分からない。「世間の賤しい女の胎に輪王の聖胎を得たやうに」、賤しい行為に及ぶ本多の堕地獄が、「金色燦然たる曼荼羅」のなかに存することを示したかったのかもしれない。『豊饒の海』全四巻を「孔雀明王」の主題で結ぼうとしたのかもしれない。

「もう一度、男女の姿態に目を戻したとき、本多の目にはほとんど切望があつた。俺の目を酔はせてくれ、どうか一瞬も早く酔はせてくれ、世の若い人たちよ、無知で、無言で、しかも老人などには目をくれる暇もないほど、自分たちだけの熱中の姿で、心ゆくまで俺を酔はせてくれ。……」

同じように堕落した意味論的配置において展開する、『豊饒の海』第三巻『暁の寺』の覗きの場面に目を転じよう。この場合、覗く人はやはり本多繁邦で、彼は覗きの典型的なスポットである覗き穴に目を宛てがおうとしている（同様の覗き穴は『午後の曳航』［昭和三十八年・一九六三年］にもあるが、覗く人は十三歳の少年・登で、覗かれる人は美しい母であって、一九七〇年の『暁の寺』における本多のような堕落や失寵のテーマは見られない）。

短篇「月澹荘綺譚」から長篇『暁の寺』へ、同じ覗きの主題が展開するが、『暁の寺』のこのパートが、「月澹荘綺譚」の照茂の奇怪な〈覗き〉の、拡大された絵解きのようになっていること、カメラのレンズのように冷静そのものの侯爵のまなざしと、情欲の鳥黐《とりもち》にかかってもがいている本多の、惑溺したまなざしの違いに注意したい。その惑溺と凝視のうちに、三島の覗きの全容は、分析され、解釈され、解剖されるのである。

同性愛者が同性愛を覗くとき

ここには短篇と、四巻からなる長篇の違いだけでは説明のつかない、セクシャリティに係る問題が潜む。おそらく本多が覗いているのが、侯爵の覗く一般の男女（勝造と君江）の性交ではなく、同性愛の光景であることが、古典的な規矩をよしとする三島にしては例外的な、異常なまでに濃密な性愛の描写を必要としたのかもしれない。

谷崎潤一郎との比較でいうと、『卍』の語り手のヒロイン・園子と光子の同性愛が思い浮かぶが、このレズビアンの〈卍〉がらみの相愛図では、光子の嫉妬は描かれても、女同士で愛し合う光景はまったく描かれない（当然、昭和六年刊という戦前の時代の制約もあっただろう。『細雪』でさえ当局の検閲で雑誌掲載を禁止されたのである)。

やはり、ここは(谷崎とは異なるゲイの)三島自身の同性愛者的なまなざしの特殊性が、自分と同質の同性愛に対して特異なバイアスをかけているとしか考えられない。プルーストの場合でもそうだが、同性愛者が同性愛を観察するまなざしは、異常なまでに執拗なものになる傾向がある。

「歴史がはじまつて以来、書斎に一人でゐる男。歴史の終末にも、彼は書斎に一人でゐるだらう」と言われる本多繁邦は、御殿場の別荘でも書斎に一人でいる。隣室には別荘のプールびらき(谷崎との比較でいえば、次章で扱う『瘋癲老人日記』のラストで、卯木督助が溺愛する嫁の颯子のために作らせるプールを参照されたい)に招待した、女友達の慶子(本多と同年配の有閑夫人)と、彼の最大のお目当てである若くて美しい月光姫《ジン・ジャン》の気配が感じられる。「気配がしてゐるが、さりとてまだ起きてゐて語り合つてゐるのではない。眠られぬ夜を寝物語をしてゐるのかもしれないが、一語も明晰な言葉は洩れない」。

本多は、この女性二人がレズビアンだとは知らないので、とくに何も期待していないが、習慣的な覗きの仕草に促されるようにして、書棚の奥の覗き穴に目を宛てる。すると何の前置きもなく、いきなり慶子とジン・ジャンの痴態が、本多の目の前に繰り広げられる、——


「仄明りの下にはなはだ複雑に組み合はされた肢体が、すぐ目の前のベッドにうごめいてゐた。白いふくよかな体と浅黒い体が、頭の方向を異にして、放恣の限りを尽してゐた。[……]しかと声はきこえぬが、歓びとも悲しみともつかない歔欷が全身にゆきわたり、今は共々相手から見捨てられてゐる乳房が、光りのはうへあどけなく乳首を向けてゐながら、ときどき稲妻に触れたやうに慄へた。その乳暈《にゆううん》にこもる夜の深さ、その乳房ををののかせてゐる逸楽の遠さは、肉体の各部各部がなほ狂ほしいほどの孤独に置かれてゐることを示してゐた」

ご覧のように、この執拗な描写は、プルーストの主人公マルセル（「私」）がアルベルチーヌのレズビアニズムを描く（あるいは、想像する。性愛において、現実と想像を区別する必要はない）、あの執拗な筆の運びと同じものである。

ここで覗いているのはむろん異性愛者の本多だが、本多の背後には黒子のように彼をあやつる、ゲイの三島由紀夫がいる。ゲイがレズビアンを覗くという構図がここに成立する。これは異性愛者が異性愛者の愛の行為を覗くのとは異なる、特殊なまなざしを想定させずにはおかない。

ジェンダーの揺らぎ——少年と少女のあわいで

慶子とジン・ジャンのレズビアンの性行為においては、とりわけ本多の愛するジン・ジャンという美少女に注意したい。彼女は果たして女性であろうか。どうも疑わしいと思われる。その疑わしさの根拠を、二つの場面に見出すことができる。

一つは、『暁の寺』の同じ御殿場におけるジン・ジャン登場の段。彼女はプールに入るために水着に着替えている、——

「ジン・ジャンの体は本多のすぐかたはらに息づいてゐた。息づいてゐるばかりか、夏を迎へて、或る病気の感染に格別応じやすい体のやうに、指の爪先まですでに夏に染つてゐた」

ジン・ジャンのこの最初の肖像は、すでに男性の、というより少年のものに近い。少なくとも女らしさは皆無である。この男性、この少年には、夏の男であるゲイの三島自身のナルシスティックな憧憬が投影し、ここにも三島の偏愛する夏の回帰が認められる。三島は彼自身の理想のポートレイトを月光姫《ジン・ジャン》に見ている。

「その肉のかがやきは、合歓《ねむ》の影深い市《いち》で売られるタイの奇異な果物のかがやきであり、それは熟れ、時を迎へた、一つの成就、一つの約束としての裸身であつた。／思へば本多はこの裸を、七つの年から十二年ぶりに見るのである」

ここには三島のバンコク取材の旅で出会ったタイの少年の思い出があるかもしれない。三島は昭和四十年と四十二年の二度にわたるタイ訪問で、東南アジアの少年の身体に開眼したのだろう。ゲイのジードが『地の糧』でアルジェリアの少年たちに開眼したのと同様に。これは三島の何らかの体験を云々しているのではない、――それを否定するわけではないが。三島のような〈目の人〉にとっては、見るだけでも充分なのである。

「丁度ジン・ジャンはプールの喧騒に気を取られて卓へ背を向けてゐたので、その水着の背中の紐が、項《うなじ》で結ばれてから左右へ落ちて腰につながる間の、あらはな背筋の正しい流麗な溝が、尻の割れ目へとひたすら落ちて、割れ目のすぐ上の尾骶骨のところでその落下がつかのま憩《やす》らふ、小さなひそかな滝壺のやうな部分さへ、窺ひ見ることができた。そして隠された尻のまろやかさ、形のよさは、満月の月の出の輪郭をそのままなぞつたかのやうで、あらはれた肉には夜の涼気がこもつてみえるのに、隠された肉にこそ明るみが添ふかと思はれた。実に肌理《きめ》のこまかい肌を、パラソルが、影と日向に仕切つてゐる。影のなかの片腕はブロンズのやうであるが、日にあらはれた片腕から肩は、磨き上げられた花櫚《くわりん》［インド紫檀］の肌のやうである」

「尻の割れ目」、「滝壺のやうな部分」、「尻のまろやかさ」、「片腕はブロンズのやう」、「磨き上げられた花櫚《くわりん》の肌のやう」……すべての措辞が女性の美しさではなく、ギリシアか東南アジアの美少年の姿をほうふつとさせるのである。

ジン・ジャンが少女ではなく少年であることを疑わせる、もう一つの重要な指標は、『暁の寺』の前巻『奔馬』（昭和四十五年［一九七〇年］）において、ヒーローの勲が女になる夢を見る場面である。その女の夢のなかに、先に見た慶子と愛し合うジン・ジャンの乳房を描写するのと、同じヴォキャブラリー（とくに「乳暈《にゆううん》」）が繰り返し見出される、――

「美しくはりつめた双の乳房は、その居丈高な姿に、却つて肉のメランコリーが漂つて見えるのだが、はりつめて薄くなつた肌が、内側の灯を透かしてゐるかのやうに、照り映えてゐる。肌理のこまかさが絶頂に達すると、環礁のまはりに寄せる波のやうに、けば立つて来るのは乳暈《にゆううん》のすぐかたはらだつた。乳暈は、静かな行き届いた悪意に充ちた欄科植物の色、人々の口に含ませるための毒素の色で彩られてゐた」

勲の見る女になる夢においては、作者の同性愛者である三島由紀夫が、懸命に（自分にはよく理解できない）女らしさを強調しようとしている、わざとらしい努力が窺える。その無理な努力が、こういう執拗な女の魅力の描写になって表れたのである。

この勲が見る女人変成の夢では、慶子と愛を重ねるジン・ジャンと同じ、ゲイがエロティックと考える姿態が展開し、「美しくはりつめた双の乳房」があり、「乳暈」があるが、異性愛者の官能に訴える要素は、ほとんど何もない。端的にいえば、一般の異性愛者は、三島が長々と綴るレズビアンの描写に、いささかも性的な興奮を覚えないのである。

「人間ならぬ何か奇妙に悲しい生物《いきもの》」（『仮面の告白』）

勲が女になり、女がジン・ジャンになり、ジン・ジャンが少年になり、少年が勲になる。一つのトランスジェンダーの円環が描かれ、その転換の結び目を覗き見るゲイの作家のまなざしが浮かび上がる。『仮面の告白』（昭和二十四年［一九四九年］）の次の声が聞こえる、――

「お前は人間ではないのだ。お前は人交はりのならない身だ。お前は人間ならぬ何か奇妙に悲しい生物《いきもの》だ」

その「人間ならぬ何か奇妙に悲しい生物《いきもの》」のまなざしが、見まいとしても、見てしまう光景とは、こんな野卑な若者たちの姿である、――

「のこる一人に私の視線が吸ひ寄せられた、廿二三の、粗野な、しかし浅黒い整つた顔立ちの若者であつた。彼は半裸の姿で、汗に濡れて薄鼠いろをした晒の腹巻を腹に巻き直してゐた。たえず仲間の話に加はりその笑ひに加はりながら、彼はわざとのやうに、のろのろとそれを巻いた。露はな胸は充実した引締つた筋肉の隆起を示して、深い立体的な筋肉の溝が胸の中央から腹のはうへ下りてゐた。脇腹には太い縄目のやうな肉の連鎖が左右から窄まりわだかまつてゐた。その滑らかで熱い質量のある胴体《トルソオ》は、うす汚れた晒の腹巻でひしひしときびしく締められながら巻かれてゐた。日に灼けた半裸の肩は油を塗つたやうに輝やいてゐた。腋窩のくびれからはみだした黒い叢が、日差をうけて金いろに縮れて光つてゐた」(『仮面の告白』ラスト)

ここには男性/女性の肉欲を検閲する、社会的な秩序のコードの律する視線はない。三島はまだ「同性愛卒業宣言」(高橋睦郎)をおこなっていない。彼はのびのびとゲイの楽園を描く。三島は彼の常夏の同性愛者的なユートピアに悠々と遊んでいるように見える。彼の欲望は恣《ほしいまま》に展開される。

この若者、この浅黒い整った顔立ち、露わな胸の充実した引締まった筋肉の隆起は、後のジン・ジャンを思わせる少年の兆しに溢れているが、ジン・ジャンとは比較にならないほどエロティックな肉感に満ち満ちているといわなくてはならない。
『仮面の告白』のラストは、野卑な若者たちを窃視するシーンから、次の血まみれの幻想にそのまま移行する。まさに三島独壇場のＳＭシーンである、――

「これを見たとき、わけてもその引締つた腕にある牡丹の刺青を見たときに、私は情欲に襲はれた。熱烈な注視が、この粗野で野蛮な、しかし比ひまれな美しい肉体に定着した。彼は太陽の下で笑つてゐた。のけぞる時に太い隆起した咽喉元がみえた。あやしい動悸が私の胸底を走つた。もう彼の姿から目を離すことはできなかつた。／私は園子［「私」が一時婚約を考えた女性。いまは結婚して普通の主婦になっている］の存在を忘れてゐた。私は一つのことしか考へてゐなかつた。彼が真夏の街へあの半裸のまま出て行つて与太仲間と戦ふことを。鋭利な匕首があの腹巻をとほして彼の胴体《トルソオ》に突き刺さることを。あの汚れた腹巻が血潮で美しく彩られることを。彼の血まみれの屍が戸板にのせられて又ここへ運び込まれて来ることを。……」

文中に見た刺青については、谷崎のデビュー作「刺青」（明治四十三年［一九一〇年］）を参照したい。谷崎の刺青は女の背中に彫られた燦然たる美の象徴であるが、三島の刺青はやくざな青年の腕に彫られた俗悪なものである。谷崎において芸術であったものが、三島においてキッチュな悪趣味に転落している。三島後期のエンタメ長篇『複雑な彼』（昭和四十一年［一九六六年］）でも、「複雑な彼」（譲二）

の背中には「いやらしい俗悪な肉の絵」が彫られていて、〈どんでん返し〉の役目を果たしている。刺青のこの通俗性はしかし、もって奇貨とすべきもので、三島の谷崎を超える高度な現代性を証するものである。

繕いようのない乖離

しかし今、この『仮面の告白』の粗野な若者のポートレイトに私が透かし見ているのは、『暁の寺』の過剰な修辞を身にまとったジン・ジャンではない。そうではない。他の誰であるより、三島自身の落魄した姿である。

私は昭和四十四年八月、自決のほぼ一年前に、伊豆の下田東急ホテルのプールの横で、瑤子夫人と並んで撮影された一枚の写真を思い出す（『全集』13巻口絵写真）。ここには『仮面の告白』のラストで描かれた若者をまなざす「私」が、四十四歳の中年男に転落した姿が写されている。あの若者たちを密かに凝視した（覗き見た）「私」が、四半世紀後に姿を見せる失楽園のポートレイトである。それは『太陽と鉄』で三島自身が予見した、こんな姿である、——

「［……］朝の顔、すなはちかがやかしい朝の光りの中へ自分の無意識の真実の顔をさらけ出すといふ粗野な習慣は、悲しいかな、多くの人の場合［三島もこのときその一人である］、いつまでも失はれない。習慣は残り、顔は変つてゆく。そしていつのまにかその真実の顔が、思索と情念に荒れ果て、昨夜の疲労をなほ鉄鎖の如く引きずつた顔に変つてゐるのに気づかず、又、そのやうな顔を太陽に向つてさらけ出す無礼に気づかない［写真では三島はまさにそういう「顔を太陽に向つてさらけ出」している］」

夫妻は海水浴用のビニールシートに座っている。三島は胡坐《あぐら》をかいている。花柄の海水パンツ（この写真の撮影者の織田紘二《おりた》の言う「当時としては珍しい通信販売でカナダから取り寄せたというスイミング・パンツ」［『全集』13巻「月報」］かもしれない）だけの姿で、上半身は裸である。いましがた吸い終えたタバコを灰皿で揉み消したところだ。

彼の脇腹には紛れもなく「太い縄目のやうな肉の連鎖が左右から窄まりわだかまつてゐ」る。「腋窩のくびれからはみだした黒い叢が、日差をうけて金いろに縮れて光つてゐ」る（『仮面の告白』ラスト、引用前出）。しかしこの四十代半ばの男は、なんという惨めな衰弱を表しているだろう。なんという下卑た相貌、なんという泥臭い猫背の姿勢だろう。〈楯の会〉の制服に身を固めて、涼しい少年のような瞳を瞠《みは》った、凛々しい将校の威容は微塵も見られない（正直言って、あの堤清二を介してパリに特注して作らせた制服は、玩具の兵隊さんのようで、三島に少しも似合っていないが）。七年前の昭和三十七年（一九六二年）、某人への手紙に「……若かりし日はS傾向が強かったのが、五六年前よりM傾向に移行……」（安藤武『三島由紀夫の生涯』による）とある、そのサドからマゾへの「移行」——凋落の跡がありありと窺われる写真である。

額と眉間に深い皺を寄せた目は、あるいは「廿二三の、粗野な、しかし浅黒い整つた顔立ちの若者」に吸い寄せられているのかもしれない。その衰えた欲望と視力を振り絞った凝視は、「油を塗つたやうに輝やいてゐ」る、「日に灼けた半裸の肩」を探しているのだろう（『仮面の告白』ラスト、引用前出）。ここには、覗くことに疲れて、老いを迎えようとするゲイの哀れな末路が示されている。さながらに社交界から追放されるプルーストの作中の男色家、シャルリュス男爵の末裔である（『失われた時を求めて』第五篇『囚われの女』）。

かたわらの若い瑤子夫人は、両手で摘まんだ（夏茱萸の実ならざる）何かの果物に、昏い視線を落としている。この夫妻のあいだには、今では繕いようのない乖離がひらかれている。夫人は今や、『仮面の告白』ラストの園子の位置に身を譲り渡したようだ。三島は夫人の「存在を忘れてゐ」るようだ。――一年後の市ヶ谷台における血の惨劇は焦眉の急に迫っているのだ。

肉体のマゾヒズム（三島）と心理のマゾヒズム（谷崎）

さて、『三島SM谷崎』というタイトルに即して、ここで谷崎潤一郎に目を転じると、この自らマゾヒストをもって任じた作家には、意外と覗きの小説は少ないことに驚かされる。なぜであろうか？なぜ谷崎は覗きを書かなかったのだろうか？

一つには、谷崎ははやく河野多恵子の指摘があるように（『谷崎文学と肯定の欲望』）、マゾヒズムを主題とする作家であると解されることが多いが、実際には谷崎にあってはマゾヒズムよりサディズムの傾向のほうが強かった、という事情がある。

なるほど谷崎の松子夫人との関係を見ると、いかにも自分はへりくだって、奉公人のように松子に仕える言辞が弄されているけれども、実生活において彼は松子夫人に対して相当な亭主関白であったきらいがある。

その点が三島とは逆で、彼は瑤子夫人に対して社交的にはホストとしての体面（仮面といってもよい）を保っていたけれども、実際には夫人の監視と偵察に脅えるマゾヒストの夫婦生活を送ったのであった。

ところで、マゾヒストの振舞いのなかでも、覗きという倒錯行為は、本来のマゾヒストにしかありえない、生粋のマゾヒズムの経験であると考えられる。覗く人の心象は対象に同化し、憑依して、自分が打ち砕かれるところに快楽を求める。三島が覗きのエキスパートであり、谷崎が覗きの初心者《アマチュア》であることの理由は、そんなところに潜んでいたのである。

このことは、マゾヒズムとコンプレックスを構成するサディズムについても言えることで、三島には生粋のマゾヒズムと裏腹な生粋のサディズムがあって、ボードレールの言う「我は傷口にして刀！／平手打ちにして頬！／四肢にして刑車、／犠牲者 victime にして死刑執行人 bourreau ！」（「我と我が身を罰する者《エオトンティモルメノス》」『悪の花』所収）という矜恃の詩句は、三島においてこそ深刻な意味を有したであろう。

『武州公秘話』のサド・マゾヒズム

仮構された心理的マゾヒストであった谷崎には、真正のマゾヒズムの発露である覗きの経験を見出すことは困難であるが（かなり覗きに近い世界を描く『鍵』においても、大学教授の主人公は妻の郁子と木村の性行為を覗こうとはしないだろう。せいぜい妻の口から木村の名を叫ばしめる程度である）、『武州公秘話』（昭和六年〔一九三一年〕）と『残虐記』（昭和三十三年〔一九五八年〕）の二長篇に、わずかに覗きの残映を見ることができる。

前者は「新青年」、後者は「婦人公論」に発表された。ともに純文学の媒体ではなく、とくに「新青年」は江戸川乱歩、横溝正史などが発表の舞台とした、推理小説系の雑誌であることが、三島と同様、谷崎が純文学一本槍ではなく、エンタテインメントの作家でもあったことを証している。

もう一つ、両篇を結ぶ特徴は、『武州公秘話』に谷崎は続篇を予定していたが果さなかったという事情が存し、『残虐記』は純然たる未完であって、ともにまだその先があるのではないか、という予断を残していることである。三島との比較でいえば、最後の一行が決まらない限り、起筆しなかったという完璧主義の三島と、未完をもって作品のシグネチャー（署名＝特徴）とした谷崎の相違という点でも、注目される長篇である。

『武州公秘話』の主人公は武州公、またの名を河内介、幼名を法師丸と称した戦国の武将であるが、実在の人物ではない。本篇は史実に基づいた史伝の体裁を取っているが、純然たるフィクションである。

この武州公に仕えた帮間の道阿彌《どうあみ》が残した手記「道阿彌話」に基づいた一種の聞き書きの形式を取っている。当時、谷崎はこういう形式の小説を多作していて、昭和六年の『盲目物語』が「めくら法師」の語りからなり、昭和八年の『春琴抄』が「鵙屋春琴伝」という小冊子に依拠する体裁を取るのと同じ趣向である。

聞き書きとは要するに、作者以外の〈語り手〉を作中に導入して、小説のリアリティー（本当らしさ）

の担保とする手法である。この手法を用いることによって、谷崎は『武州公秘話』に歴史小説、ないしは史伝と見紛うリアリティーを与えることに成功した。

マゾヒズムという主題からいえば、武州公はどちらかというとサディストであり（その意味でも谷崎のマゾヒズムが、河野の言うように「設定」されたマゾヒズムであることが納得される。つまり、一例が『春琴抄』でもマゾヒスト・佐助より、サディスト・春琴のほうがはるかに生彩を放っている）、マゾヒストといえるのは、武州公というより幇間の道阿彌である。

「武州公秘話巻之一」に両者の関係が次のように説明される、――

「『道阿彌話』の筆者の方は、全くその動機を記してないが、これは明かに『恐ろしい殿の行状』［とあるように、武州公がサディストであることは、ここでも明らか］と、その人に仕へた己れの稀有な経験とを長く忘れることが出来ず、思へば思ふほど不思議な気がして、止むに止まれないで書いたものに違ひない。［……］思ふに道阿彌は多少とも幇間的性質の男であつて、生来幾分か公と同様の傾向があつたか、或は公の歓心を買はんがために殊更にさう装つたか、装つてゐるうちに次第に公の感化を受けて本当にさうなつてしまつたかであらう。何にしても此の男は公の『秘密の楽園』に於ける好伴侶であり、公に取つて必要欠くべからざるものだつたことは確かである。もし此の男がゐなかつたら公の性的遊戯も歪んだ発展をしなかつたであらう」

類は友を呼ぶというが、武州公と道阿彌は同類だったというのである。したがって武州公をサディスト、道阿彌をマゾヒストと分類するのも便宜的なものにすぎず、谷崎をサディスト、三島をマゾヒストと分けるのと同断の、暫定的な判断にすぎないだろう。しかし、覗きという本章のテーマからいうなら、道阿彌こそマゾヒストの〈魔物〉であるとみなさなくてはならない。

首装束

もっとも、道阿彌は好んで覗きに身を落とすのではない。主人の武州公（河内介）に強いられてそうするのである。あるとき河内介は、妻の松雪院が腰元たちと縁先で涼を入れているところへふらりと入って来て、「今日は何か面白いことをして遊ばうかね」ともちかける。そこへ呼ばれたのが道阿彌で、彼は「首装束」の実験台にされるのである。

『武州公秘話』の現代性は、〈小説内小説〉である「道阿彌話」の作者が、こんなふうに登場人物として小説に登場して来る、という一種メタフィクショナルな作風に存する。

武州公は法師丸と呼ばれた少年時代に、若い娘たちが首装束する光景に立ち会ったことがある。「首装束」というのは、敵の武将の首級《しるし》を見映えをよくするために化粧をほどこすことをいう。彼はそのとき首装束する娘たちの妖美な姿に、「全然予想もしなかつた恍惚郷に惹き入れられて、暫く我を忘れてゐた」という。

死に顔に化粧する娘が「少年を惹きつけたのは、とき〲じつと首を視入る時に、無意識に頬にたゝへられる仄かな微笑のためだつた。その瞬間、彼女の顔には何かしら無邪気な残酷さとでも云ふべきものが浮かぶのである」。

「一方に色の青ざめた、断末魔の苦渋の名残をとゞめてゐる首があり、一方にうら若い色白の女の、微笑をたゞよはせた紅い唇があるとすると、その微笑がどんなにかすかなものであつても、甚だ強い刺戟を受ける。それは残忍の苦味を帯びた妖艶な美である」

この場合、見る者（少年の法師丸）が、化粧しながら微笑を浮かべる娘に同化して、サディストの快を味わうというのなら、分からぬでもないが、この少年の嗜好はそうではない。

「少年は、自分が首になりつゝも知覚を失はないでゐるやうな妄想を描き、それに惑溺したのである。彼は女の前へ順々に運ばれる首を、一つ〳〵自分の首であるかのやうに考へてみた。さうして彼女が櫛の峰を以て首の頂辺《てつぺん》を打ち叩くとき、自分が叩かれてゐるやうに考へる、——すると、彼の快感は絶頂に達して、脳が痺れ、體中が韻へるのであつた」

これは紛れもないマゾヒストの快感であるが、この嗜虐の快感が、市ヶ谷台で割腹し、介錯された三島由紀夫の首が味わっただろう激甚な苦痛に、いささかでも通じるものがあることは否定できないだろう。ここにおいて谷崎と三島は、——谷崎は穏やか、三島は激越、という違いはあるにせよ——マゾヒズムの傾向と嗜好を共にするのである。

しかし谷崎が武州公に託したマゾヒズムは、さし当たってはここまでである。以後、マゾヒズムは武州公を離れて、家来で幇間の道阿彌に転移する（谷崎の幇間に対する関心は古く、最初期の短篇「幇間」［明治四十四年］の主人公・三平がラストで見せる、「Professional な笑ひ方をして、扇子でぽんと額を打［つ］」仕種を参照されたい）。呼ばれた道阿彌は、と、ここから谷崎のペンは「道阿彌話」の引用に移るのであるが、武州公にこう命じられる、——

「暫く死人の態を装ひ此の場に於て首の真似を致し候へ」

座敷の畳を一畳ばかり取り除けて、その下の床板を二尺ほど切り取らせ、道阿彌をして床下の穴から首を出させる、という趣向である。こうして「気の毒な道阿彌は肩から以下を床下に埋めて、寂然《じやくねん》たる一箇の首と化した」。ここで興味深いのは、武州公の対応である。最初道阿彌は武州公が奥方の松雪院や腰元たちを面白がらせるものと思っていたのであるが、——

「とき〴〵彼の視野の中に這入つて来る河内介［武州公］の顔には、とてもそんな遊戯的気分は見えないのであつた。道阿彌はその顔の存在を眼の何処か知らにぼんやり感じてゐるだけで、まともに正視することが出来なかつたゝめに、ひとしほそれが、ものすごい相好を浮かべてゐるやうに想像された」

河内介が現実の存在というより、道阿彌の想像裡の幻像になっていることに留意しよう。道阿彌と河内介は、互いに交換可能なドッペルゲンガーになっている。これが道阿彌が「生来幾分か公と同様の傾向があつた」と評されるゆえんだろうが、武州公の尋常ではない人格の深淵が、剽軽な道阿彌に乗り移ったようである。

河内介の声は、「熱病患者のそれのやうに干涸らびて、上ずつてゐるばかりでなく、へんに云ひ方が神経質で、女性的にさへひゞくのであつた」。谷崎のサディストは一般に女性であるから（ナオミ、春琴、郁子、颯子、等々、サディストの女性に、マゾヒストの谷崎的主体は跪くことを喜びとする）、河内介もサディストとして女性の声を出すのであろう。つまり、河内介はＳＭの合体した怪物的存在であったのである。

やがて河内介が道阿彌の鼻を切り取って「女首」にすると脅すに及んで、道阿彌のほうも河内介と同じ物凄い形相になる。いわば二人は瓜二つになる。お久という腰元が道阿彌の鼻を切るよう命じられると、――

「剃刀を持つたまゝわなゝふるへてゐるお久には、河内介の叱咤の声もおそろしかつたが、それ以上に道阿彌の顔つきの方が物凄かつた。なぜなら、此の場になつても道阿彌は依然として瞳を一点に据ゑ、さつきからの表情を微塵も崩さずに、気味の悪い程おとなしくしてゐるのである［ここで道阿彌は三島と似通う。三島も、写真家の篠山紀信の証言によると、まばたきせず、何分間も凝視する特技があったという（『薔薇刑』「撮影ノート」）］。彼女は、もうひよつとすると道阿彌がほんたうに死んでゐるのではないかと思つた。彼女は試しに彼の鼻の上を押してみたり撫で、みたりした［お久もここでは女サディストとして振舞っている」。と、彼女のほつそりした指の先が、冷めたく、ぬるりと濡れるのであつた。見ると、『首になつた道阿彌』の額から蟀谷《こめかみ》の辺に冷汗がたら〳〵流れてゐる。そして剃刀の刃がその首の前できらりと閃めいた瞬間に、急に死顔の顔色がすうツと青く変つて行つた」

奇怪な首装束である。生きたまま道阿彌は首になり、化粧をほどこされるのだ。これは市ヶ谷台で刎ねられた三島の生首を連想させないだろうか？　名刀「関ノ孫六」が彼の首に閃く寸前、彼もまた「此の場になつても道阿彌は依然として瞳を一点に据ゑ、さつきからの表情を微塵も崩さずに、気味の悪い程おとなしくしてゐる」という状態にあったのではないだろうか？

道阿彌の鼻の上を押してみるお久、冷たく、ぬるりと濡れる彼女のほっそりとした指、その指にきらりと閃く剃刀の刃、スーッと青ざめる死顔と化した道阿彌の首、……こんなふうに道阿彌も、お久も、河内介も、サディズムとマゾヒズムの複合したエクスタシーに陥る。もはやどちらがサディストで、どちらがマゾヒストかという区別もつかない。作者の谷崎も道阿彌の首に憑依した筆致である。

真正マゾヒスト（三島）と疑似マゾヒスト（谷崎）

そのとき松雪院が「………あたしからお願ひ致します、許してやつて下さいましな」と声をかけて、それでその場はおさまるのであるが、「河内介の酔興はその晩だけに止まらなかつた」。そして河内介は最後の酔興を松雪院に提案するのである、――

「松雪院や女中共をそゝのかして、道阿彌の首をいろ〳〵にいぢくり廻すのであつたが、最後には又首の鼻を紅で染めさせて、／『今夜は一つ、此の首を眺めながら寝ることにしよう』」

河内介の最後のこの一言で、道阿彌は夫婦の夜の秘め事を〈覗く〉ことになるはずなのであるが、「道阿彌の方からは、暗い所にふわ〳〵してゐる蚊帳の外側がぼんやり分つたくらゐな程度で、中にゐる夫婦の様子などはまるきり見えなかつたであらう」と、肝心の覗きの場面をやり過ごし、「道阿彌話」からの引用においても、「夜半に及ぶまで睦じき御物語の御様子にて、おん仲至極めでたかりし事共也」とあるだけである。

その後は作者による回想に移り、「殊に道阿彌に女首の真似をさせ、松雪院をそゝのかしてその右の耳に穴を穿《うが》たせ、夫婦が蚊帳の中にあつてそれを眺めながら睦言を交したと云ふ夜の戯れこそは、彼［河内介］が初めから抱いてゐた終極の目的だつたであらう」とあるのに、「睦言」を交わす「夜の戯れ」の覗きそのものについては、なんの描写もない。

さて問題は、この道阿彌が河内介夫妻の秘め事を蚊帳越しに〈見る〉のは、覗きであろうか？　という問題が残る。覗きとはあくまでも覗かれている者が知らないうちに覗かれることをいうのであって、覗かれる者が覗かせる行為を覗きといえるであろうか？

それもやはり覗きの一種と考えられるだろう。三島『天人五衰』の神宮外苑の覗きにおいても、覗く人である〈観客〉と、覗かれる人である〈俳優〉のあいだに、共犯関係が成立し、覗かれる人は、覗く人に覗かれることに、密かな快感を覚えるということがいわれる。

谷崎は『武州公秘話』において、武州公の「終極の目的」であった覗きを、書かなかったか、書けなかったのである。覗きの場面をくり返し描いた三島と、覗きの場面を避けて通った谷崎と。真正マゾヒスト三島と疑似マゾヒスト谷崎の相違が、これほど鮮明に現れることはない。

『残虐記』のトライアングル

谷崎潤一郎におけるこの〈覗き〉と、次に述べる自殺の回避ということが、谷崎晩年の長篇『残虐記』を未完に終わらせた遠因ではないか、というのが本稿の推論である。[★2] 覗きも自殺も、マゾヒスト本来の究極の行動であり、ともに三島の本領に属するもので、谷崎には不得意な行いだったのだ。このことはまた、谷崎本来の資質がマゾヒズムにはなく、むしろサディズムにあったという主張の傍証になるだろう。

『残虐記』もまた一種の聞き書きの形式を取っていて、ヒロインの今里むら子の国選弁護人が、作家の「T兄」（谷崎に相当）に事件の顛末を報告する手記、という体裁の作品である。

むら子の夫の増吉が自殺して、妻のむら子に殺人の嫌疑がかかっている。現場はドラゴン亭という洋食屋の二階。増吉はドラゴン亭の店主。遺書のようなものを遺していて、1章のラストにその全文が掲げてある。「私事今里増吉は自殺します／私は妻の今里むら子に情夫［後に知れるように、ドラゴン亭のコック・鶴二］のあることを知つてゐます」と始まり、妻に殺人の疑いがかからぬように、奇怪な自殺の仕方を選ぶに当たって、次のように述べる、——

「私は妻の幸福の為めに自殺しますが、無条件では自殺しません。茲に一つの条件があつて、妻がその条件を実行してくれることが必要なのです／それは如何なることかと云ふと、私は自ら毒薬を飲んで死にますが、その毒薬は或る程度の苦痛を伴ふやうなものを使ふことにします。私はそれを飲んで二三時間苦しみ悶えて死ぬやうにします。私が悶えつゝある間、そして遂に死んでしまふ迄の間、むら子は私の前にじつと坐つて私を見つめてゐることが必要です。［……］」

こうして『残虐記』一篇は、増吉の自殺をめぐるミステリーの展開を見せるのだが、すでに再々述べたとおり、谷崎は増吉の自殺にいたる途中で連載を中絶し、これを未完のまま放置する結果になったのである。

私は『残虐記』中断の真因は、主人公である増吉の自殺という結末に対する谷崎の拒否にあったのではないかと推量する。私は三島と谷崎を分かつ最大の分水嶺は、自殺する三島と延命する谷崎、ということにあると思う。谷崎は最終的には、自死する主人公を書くことに肯んじなかった作家なのである。ここには谷崎のライヴァルであった芥川龍之介の自殺が大きく影響しているだろう。後にふれる谷崎の短篇「金色の死」（主人公は自殺に近い死を遂げる）を作者が否定し、自分の全集にも収録しなかったのに対して、この短篇を三島が高く評価したということにも、自死する三島と延命する谷崎の相違が、はっきりと表れているようである。

増吉の妻に対する関係は、『鍵』の大学教授の妻の郁子に対する関係に等しい。遺言に出て来る妻の情夫の鶴二に相当するのが、『鍵』では若い教師の木村である。両作ともに三角関係が成立していて、『残虐記』では増吉→むら子→鶴二、『鍵』では教授→郁子→木村、というトライアングルの関係になる。当然作者は『残虐記』では増吉に、『鍵』では教授に、自分をもっとも強く投影している。そしてこの二人はともにマゾヒストである。

マゾヒストの性向にしたがって増吉はむら子と鶴二の関係に対して覗き屋になる趨勢にあり、教授は郁子と木村の関係に対して覗き屋になる趨勢にある。ところが、谷崎においてはこの傾向は傾向に止まり、実際に覗きの行為に及ぶところは描かれないで終わった。

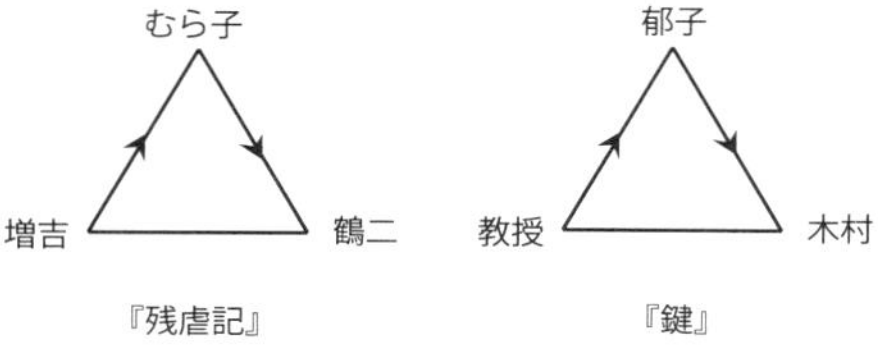

三角関係の比較

Castration（去勢）の力に抗《あらが》って

増吉と教授を結ぶ、もう一つの共通点は、『残虐記』の増吉は広島の原爆で被爆し、完全な不能に陥っていて、『鍵』の教授は高齢と高血圧のため多淫な妻を充分満足させることができない、ということである。

いうまでもなく、教授の精力の減退と較べると、増吉の原爆罹災によるインポテンツは致命的に深刻なもので、愛する妻をまったく性的に満たすことができない苦悩は痛切を極める。ある夜などは、増吉は「毛布は膝のところまでゞ、そこから下は毛脛を二本つき出してゐたが、むら子がその間へ自分の脚を割り込ませようとすると、脛と脛とをぴつたり喰つ着け、隙間が出来ないやうにして、體ぢゆうを硬張らせてゐるのであつた」という、笑うに笑えない惨めな有様に陥る。

増吉の不能には、作者自身の不能感が反映しているかもしれない。この小説が書かれた昭和三十三年に谷崎は七十二歳で、もっと早くから谷崎は、「老人性インポテンツに悩まされており」と小谷野敦は書いている、「まだ五十代の松子に、よそで楽しんでくれても、などと言っていたようだ」（『堂々たる人生』）。

妻の松子に他の男と楽しんでくれ、というのは、詩人の金子光晴が妻の三千代について、「よそに恋人をもってその方に心をあずけている女ほど、測り知れざる宝石の光輝《かがやき》と刃物のような閃めきでこころを剔《えぐ》るものはない」（『どくろ杯』）と言ったのと似た、マゾヒストの心情を吐露している。金子と谷崎の違うところは、金子は他の男に欲望を抱く妻に欲望を抱く、という屈折したマゾヒストの本性を現すのに対して、谷崎には、健康で若い妻に対する老齢で不能の自分の、やむを得ない措置という性格がある（金子に関しては、野村喜和夫との鈴村の共著『金子光晴デュオの旅』参照）。

それだけではない。増吉の不能は一種去勢的な castration の力を持ち、彼に接する者を「虚脱感に誘ひ込む」陥穽ともなるのだった。むら子も最初のうちは夫の精力を復活させようと努力し、その自信もあったのに、「増吉の體に久し振に抱き着いて見ると、こっちの體の中の血まで一度に凝結してしまふやうな気」がするのである。

「増吉の寝てゐる寝床の周囲に、人を虚脱感に誘ひ込む陥し穴が設けてあつて、近寄る者をその穴の底へ引き擦り込むのではないか、と云ふ風な感じをむら子は抱いた」

これは『卍』の不能者、綿貫の周囲に与える感化と同じものである。語り手でヒロインの園子は熱愛するレズビアンの相手の光子が、霊的な力で彼女の崇拝者を去勢し、藻抜けの殻にして、麻痺させるようになったことを、――

「多分綿貫の感化やないか思ひますねん。と云ふのんは、最初の経験から健全な相手では物足らんやうにさゝれなさつて、誰摑まへても綿貫と同じやうにさしたかつたのんやないか？　そやなかつたら何であない残酷に人の感覚麻痺さす必要ありましてんやろ？　よう昔の話に、死霊や生霊乗り移ると云ふこと聞いてますけど、何や光子さんの様子云ふたら、綿貫の怨念祟つてゐるみたいに日増しに荒んで来なさつて、ぞうツと身の毛のやだつやうなことありますのんで、〔……〕」

綿貫こそ『卍』の虚点であり、ブラックホールだったのである。そして『残虐記』の増吉は綿貫のcastrationを継承する者だったのだ。

『残虐記』が中断した理由の一つには、このまま書きつづけると、原爆で不能に陥った増吉が、『卍』の綿貫のような不気味な去勢力を発揮せざるをえないと、作者が予感したことがあった。

綿貫は『卍』の脇役であるが、増吉は『残虐記』の主人公である。主人公が綿貫のような悪役の不能者では、小説の成功は覚束ないだろう。そこに覗きと自殺というテーマが重なると、まったく救いのない地獄絵図が展開することは、目に見えている。

あるいは谷崎の念頭には、フォークナーの『サンクチュアリー』があったかもしれない。この長篇の主人公ポパイも、奇怪な去勢力を発揮する、SMの複合した不能者である。谷崎がフォークナーの『サンクチュアリー』を愛読したことは『鍵』の冒頭に明らか（Ⅳ参照）。

そう考えると、『天人五衰』の本多繁邦は、ある意味では『残虐記』の増吉の落ちて行った先を体現した人物であったかもしれない。三島は『暁の寺』から『天人五衰』にいたる覗きの場面を描くことによって、谷崎の『残虐記』の〈続篇〉を書いた、という想定が成り立つ。三島には本多の覗きを書くだけのマゾヒズムがあったけれども、谷崎には増吉の覗きを書くだけのマゾヒズムがなかった、ということである。あるいは——これが真実に近いかもしれないが、——谷崎は三島的なマゾヒズムを受けつけなかったのである。

注

★1 ちなみにこれは映画「憂国」、戯曲『サド侯爵夫人』と同年である。バンコク、アンコールワット取材も同年。三島にとって一九六五年が決定的な年号であることが理解されよう。それはまた谷崎逝去の年でもあった。

★2 小谷野敦は『堂々たる人生 谷崎潤一郎伝』で、谷崎が『残虐記』の雑誌連載を中絶したのは、「あまりに江戸川乱歩風だったからだろう」と推測する。

Ⅳ　ＳＭの頂点――「憂国」（三島）ＶＳ『瘋癲老人日記』（谷崎）

「末期の眼」

生と死の分水嶺をみずから越えて行く人と、その分水嶺にしばらく滞留する人がいる。前者は自死する人、後者は生き延びる人である。私の親炙する文学者でいえば、芥川龍之介、川端康成、三島由紀夫が自殺者の系譜の代表で、谷崎潤一郎、大江健三郎、村上春樹が生き延びるタイプの代表だろう。逗子マリーナの仕事部屋でガス管を咥え、一九七二年、七十二歳で自殺した川端は、しかし戦前に書いた「末期の眼」という追悼文で、「いかに徳行高くとも、自殺者は大聖の域に遠い」と述べている。「末期の眼」とは、芥川の遺書に出て来る――「自然の美しいのは僕の末期の眼に映るからである」より、川端が引いた言葉だ。芥川はこの遺書で、「僕の今住んでゐるのは氷のやうに透み渡つた、病的な神経の世界である」と、死にいたる凄愴な境地を語った。

正岡子規が結核で血を吐きながら俳道に邁進した例に、「私は学ばうとはさらさら思はぬ。私が死病の床に就けば、文学などさらりと忘れてゐたい」と「末期の眼」に書いた川端が、最期にガス自殺を遂げたについては、二年前の一九七〇年十一月二十五日、世間を震撼させた三島由紀夫の市ヶ谷台における、割腹と介錯による自決があった。なぜ三島があのような凄惨な自殺をしたか、諸説芬々だが、三島の憤死が二年後の川端を死地に追いやったことは否定できないと思う。

三島蹶起の二年前に川端はノーベル文学賞を受賞した。ドナルド・キーンは、三島が受賞していれば、川端も三島も天寿を全うしただろう、と回想している。川端の受賞が三島の自決を促し、三島の自決が川端の自死を招いた、——とまでは言わないが、六八年の川端ノーベル賞、七〇年の三島自決、七二年の川端自死と、二年毎に廻る因果の応報があったと思われてならない。

この因果の鎖を絶つ方途を、谷崎、大江、村上の文学に私は求めているのかもしれない。

映画「憂国」を解読する小説「憂国」

自死する三島と延命する谷崎を繋ぐラインがないわけではない。谷崎『残虐記』の増吉は妻のむら子に、「悶えて死ぬ」自分を見ていてもらいたい、という遺言を残す。この結末を谷崎はついに書かなかったが、少なくとも構想では、そんなマゾの極致のような悶死を増吉のために谷崎は用意していた。

同じように、妻に自分の死の苦悶を見届けてほしい、と言い遺して腹を切って自決するのが、三島「憂国」の武山信二中尉である。

覗きについても言えることだが、谷崎の書かなかったことを、三島が書いたという点に、〈三島SM谷崎〉の分岐点がある、というのが本稿の論旨である。しかし、このことは、三島のほうが谷崎より優れていた、ということを意味するわけではない。〈三島SM谷崎〉に関しては、その優劣を論じる次元にはない。ロラン・バルトが言ったように、むしろ「好き、好きじゃない」を語るべきだろう

(「好き、好きじゃない J'aime, je n'aime pas」『バルトによるバルト』)。

「憂国」は昭和三十六年(一九六一年)一月刊の「小説中央公論」に発表された短篇小説。三島自身の文庫本解説によれば、わずか五十枚足らずのものながら、「[自分の]よいところ悪いところすべてを凝縮したエキスのやうな小説」である。

三島は前年、一九六〇年十月十六日にこの作を書き終え、来宅した編集者の井出孫六に原稿を渡したという(井出「その時この人がいた」)。その数日前に三島は、榊山保のペンネームで「愛の処刑」と題した、(高橋睦郎によれば)「[「憂国」の]前身としての同性愛小説」を、ゲイの同好誌「ADONIS」の別冊「APOLLO」5号に発表している(この作については後述)。

そうだとすれば、「憂国」で中尉の後追い心中する妻の麗子は、そのモデルが男性ということになり、これを五年後に映画化した「憂国」(一九六五年)で麗子を演じた鶴岡淑子が、顔立ちも少年っぽく、乳房も薄い(というより映画では全裸で登場しても、彼女の乳房はほとんど存在しないか、かろうじて存在しても、ラストの裸像にうっすらと映されるだけである。ボードレールがゲイは胸の薄い女に魅かれる、と言ったことが思い出される)、美少年風の女優であることも頷ける。この映像における女優の乳房の禁忌には、明らかに監督であり原作者であった同性愛者の三島の禁忌がはたらいている。

鶴岡淑子は本名山本典子。この命名には三島の意向が反映していよう。Ⅱで扱ったサドの『ジュスティーヌあるいは淑徳の不幸』における「淑徳」を参照。三島は「憂国 映画版」にこう書いている、——

「山本嬢の要請によつて、彼女に鶴岡淑子といふ新しい芸名を与へた。その鶴岡といふ名に、鶴岡八幡宮の古風で典雅なイメージを含め、淑子といふ名で彼女の性格を象徴したのである」

三島の選定基準によれば、「この中尉夫人は妖艶でありすぎてもいけず、色気がなさすぎてもいけなかつた。美しすぎてもいけず、もちろん醜くあつてはならなかつた。成熟しすぎていてもいけず、未成熟であつてもいけなかつた」(「憂国 映画版」)。

また別のところ(「シナリオ」誌所収のインタビュー)で、「女でありすぎないことも必要だが、女でなさすぎても勿論困る」という微妙な要望を表明している。

こういう難しいハードルを設けた三島のお眼鏡に叶ったというのだから、山本嬢、もとい鶴岡淑子は、相当三島に気に入られたとみてよい。

いささか下世話な推量をするなら、「憂国」プロデューサー藤井浩明の「三島さんの死の翌年、瑤子夫人から『憂国』のフィルムを破棄してほしいという話があった」との証言が残っているのも、三島と鶴岡の濡れ場のなまなましさもさることながら、三島の鶴岡へのこうした好意に対して、瑤子夫人が快からず思ったのではないかと推測される。さらに憶測を逞しくすれば、敏感な瑤子夫人は三島と鶴岡のセックス・シーンにゲイの気配を明らかに見てとったのかもしれない。

瑤子夫人の要望にもかかわらず、藤井は「ネガだけは保存して頂きたい。ネガまで焼いてしまったら、この文化遺産ともいえる映画は、永久に見られなくなってしまう」と夫人に懇望し、「私の願いを夫人は聞き容れて下さった」という。その後の藤井の努力は、この名画の復活に賭けたプロデューサーの執念の伝わる、まさに美談である。

この経緯は、映画「憂国」のDVDを収めた『全集』別巻の、藤井の巻頭エッセイ「映画『憂国』の歩んだ道」に詳述されるが、そこにはネガフィルムの入った茶箱の写真も掲載されていて、箱には戦前の文字なのだろう、左から右へ「杉山」と記されている。いうまでもなく平岡（三島）瑤子夫人の旧姓の苗字である。

なお短篇「憂国」は、「スタア」、「百万円煎餅」とともに昭和三十六年（一九六一年）、単行本『スタア』に収録された。

小説「憂国」は五年後の映画「憂国」と切り離して考えることができない。さらにいえば、十年後の市ヶ谷台における割腹自決を前提としなければ、小説「憂国」も、映画「憂国」も、それ自身独立したものとして論じることができない。三島はある意味では「憂国」を自演し、五年後、自決することによって、芸術の価値の転覆をはかったということができる。

換言すれば、「憂国」は小説から映画へ、映画から実行へと、一九六〇年から七〇年までの十年間、六〇年代を貫いて生成し続けたということだ。

ここでは小説より洗練された完成度を見せる映画「憂国」に即して論じることにしよう。

後になって振り返ってみると、小説「憂国」は映画「憂国」の解説のように読むこともできる。それも三島本人による解説である。ただの解説ではない。小説作品による解説である。いわば三島は映画言語で書かれたものを――あらかじめ――小説言語で解説しておいてくれたのである。

「憂国」の大きな謎は、解読のほうが作品より先に書かれた、という逆説にある。三島はおそらくこのアリスのワンダーランド的なタイムパラドクスに気づいていたのである。気づきながら、そのおもしろさに惹かれ、映画製作に乗り出していったのである。

結果として小説「憂国」は映画「憂国」が存在しなければ、今日までこれほど物議を醸す小説にはならなかったし、極論すれば、小説「憂国」は映画「憂国」の余映を受けて、余剰の輝きを得るにいたった、ということである。

誤解のないように急いでつけ加えるが、このことは映画の方が小説より優れている、という優劣の問題ではない。映画の方が小説より、三島由紀夫の問題を先鋭に含む、という程度の判断である。

美しい蝶の標本のように、顕微鏡で覗き見た「憂国」夫妻

六〇年の小説「憂国」と六五年の映画「憂国」の違いについては、松本徹編著『年表作家読本 三島由紀夫』に、「『憂国』は、この後作者の意図を越えて、誰よりも作者自身に大きな影響を与えるものとなっていった」とあり、また山内由紀人が『三島由紀夫 左手に映画』で、次のように述べていることも示唆的である。

山内によると、小説「憂国」には「二・二六事件について語られる後年の政治的意図はまったくなく、若い軍人夫妻の儀式のような愛と死の光景があるだけである」と述べ、そして三島と親交のあった中井英夫の次の証言を引く、――

「三島の切腹願望が、昭和三十五年に『憂国』を書くあたりから兆したことは確かだが、この作品に限って、二・二六の志士を讃える意図などで書かれたものではないことだけは、当時、本人

からつぶさに聞いた。そのころ彼は、至上の愛によって欣然と切腹する青年の情史［安藤武『三島由紀夫の生涯』の引用では「情死」］を初期の谷崎ふうなおどろおどろしさで書くことを夢想していたのだが、何回めかの渡米直前に中央公論社から短編を請われ、後に、『何も書くことがないんで、えいやったれと思って、アレ書いちゃった』と語ったような状況で生れた作品なのである」（「ケンタウロスの嘆き」「潮」昭和四十六年二月号。『三島由紀夫 左手に映画』から引用）

中井の証言は三島没後の回想であることに注意すべきだろう。三島が本当にそう語ったかどうか（三島の直話ではない）、ウラを取ることができないし、三島も本当のことを語ったかどうか分からない。三島自身も「『憂国』の謎」（「アートシアター」昭和四十一年［一九六六年］四月）で、「作者自身の証言は、もとより信憑性の薄いことを免かれない」と明言している。それ以上に、三島が語ったときから十年以上の時が経っているので、中井の記憶に信を置くことは難しいだろう。

あるいは中井の証言には、中井のもとで三島自筆の大学ノートが発見された「愛の処刑」というエログロのポルノ小説が影響しているのかもしれない。

この短篇は前にもふれたように「憂国」と同時期に執筆されたもので、「憂国」の「前身」（高橋睦郎）ともいわれるものだが、体操教師の大友信二（「憂国」の武山信二と同名）が、訪ねて来た美少年（「憂国」では麗子に相当。したがって麗子を演じる鶴岡淑子に美少年の面影を見る見方が成り立つ）の見ている前で、割腹自殺を遂げる話。「男根は赤紫の亀頭を光らせて、直立してゐた。その下には毛もくぢやらの睾丸が重々しく揺れてゐた」とか、「［美少年が］信二の陰茎と睾丸を一緒にギュッと握つた」とか、「［美少年の（「憂国」でいえば鶴岡淑子演じる妻の麗子の）」この美しい黒いギラギラ光る瞳に見つめられて死んでゆくのだと思ふと、何ともいへぬ甘美な戦慄が全身を流れた」とか、「すてきだよ、先生。先生の苦しんでる顔、なんてきれい！　僕、これを見たかつたんだ」とか、「刀身を伝はつて、信二の拳は血でヌルヌルし、腹一面を流れ落ちる血に、陰毛が泳いでゐた」とか、三島が書いたとは信じられない下品な表現に充ち充ちている。これと同列にされては、「憂国」が軽い作品とみなされても仕方があるまい。

もっとも、ここには谷崎『残虐記』の「私が悶えつゝある間、そして遂に死んでしまふ迄の間、むら子は私の前にじつと坐つて私を見つめてゐることが必要です」というのと同じマゾヒストの願望、『残虐記』→「憂国」→「愛の処刑」と繋ぐ〈谷崎→三島〉のSMラインが確認できるのだが。あるいは、自作にゲイを封印した三島が、ここでは野放図にゲイを解禁したといえるのかもしれない。

むしろこの短篇「憂国」が収められた短篇集『スタア』（昭和三十六年［一九六一年］一月刊）の作者「あとがき」の発言が、――三島本人の記述（直話）である、という意味と、時期的にきわめて近接している、という二重の意味で――「憂国」執筆当時の三島の心境を正確に伝えている、――

「『憂国』（昭和三十六年一月冬季号「小説中央公論」所載）は、昔から忠勇義烈な人たちの死について言はれて来た常套句にあきたらない私が、その『花と散つた』とか、『桜の散りぎはのやうにいさぎよく』とかの美辞麗句を、徹底的に分析して、その言葉の意味内容を精密に検討しようとした試みである。しかしこれは芥川の『将軍』のやうな、偶像破壊、英雄否定のテーマとは根本的にちがふことは言つておかねばならぬ。私は美しい蝶を標本にして、ただそれを顕微鏡で詳《つまび》らかに調べようと思つただけなのである。だから主人公と女主人公の、モニュメンタルな英雄的性格は、これほど夥しい性的および臨床的記述にもかかはらず、毫もそこなはれてゐないと信ずる。と同時に、どんな英雄的性格も、このやうな性的および臨床的記述を免れないといふのが、私の当然な意見である」

自作解題としてはきわめて晦渋なものだが、その文意の分析はしばらく措いて、今はとりあえず、五年後の「憂国 映画版」というエッセイで、映画製作に際して三島が次のように語ったことを、重ねてみると参考になるだろう、——

「私の演出プランは、青年将校の役をまつたく一個のロボットとして扱ふことであつた。彼はただ軍人、ただ大義に殉ずるもの、ただモラルのために献身するもの、ただ純粋無垢な軍人精神の権化でなければならなかつた。私は、あらゆる有名俳優の顔や表情がそのイメージを阻害することを知つてゐた。そこで、武山中尉に能面と同じやうに軍帽を目深にかぶらせ、彼の行動を軍帽と軍服で表現しようとした。彼の一挙一動は、生きてゐる人間が行動するといふよりも、軍帽と軍服が行動させせなければならなかつた」

ご覧のとおり、昭和三十六年の『スタア』「あとがき」と、昭和四十一年の「憂国 映画版」は、そんなに隔たったことを語ってはいない。前者で英雄にまつわる「美辞麗句」を「徹底的に分析して」というところを、後者では「青年将校の役をまつたく一個のロボットとして扱ふことであつた」と言い換えているだけである。「芥川の『将軍』のやうな、偶像破壊、英雄否定のテーマとは根本的にちがふ」という主張には変わりがない。つまり、英雄讃美でもなければ、英雄否定でもない、「モノ」(「蝶」あるいは「ロボット」。この「モノ」については後述)としての英雄を呈示したい、あえていえば政治的イデオロギーは関係ない、と言うのである。

これは『スタア』「あとがき」の「美しい蝶を標本にして、ただそれを顕微鏡で詳《つまび》らかに調べようと思つた」と、たいして径庭はないだろう。山内のように小説と映画のあいだに三島の精神史に大きな変容があり、やがて「憂国」を「英霊の聲」、「十日の菊」と同列にして、〈二・二六事件三部作〉と称した三島にとって、「『憂国』は特別の意味を持つ作品になっていったのである」(『左手に映画』)と、三島の思想の変遷(いわゆる右傾化)を語るのは、いささか短絡的にすぎないか。

というより、「主人公と女主人公の、モニュメンタルな英雄的性格」をフロイト流の精神分析的記述によって損なってはならない、という三島の主張に変化はないと考えるべきではないか。

三島の言わんとするところは一貫していて、主人公の武山中尉を、一個の性格を備えた人格であるというより、「美しい蝶」か「ロボット」のように、「軍帽と軍服が行動させなければならなかつた」、——中身(精神)ではなく衣裳(「軍帽と軍服」)、それだけが肝心だったのである。この考えは三島においては変わることなく、はやく昭和二十六年(一九五一年)、横浜港から世界一周の旅へ出発し、プレジデント・ウィルソン号のデッキで、太陽と肉体を発見し、『アポロの杯』（昭和二十七年［一九五二年］）にいわゆる「希臘人は外面を信じた。それは偉大な思想である」以来、その反谷崎、反『陰翳礼讃』的な「外面」礼讃には、何ら変節はなかった。松本徹の言うように、「内に潜むもの、闇に溶け隠れているようなもの［谷崎の礼讃した「陰翳」］は問題にしない」ということである（『三島由紀夫の最期』）。

不在証明《アリバイ》ではなく、存在証明としての「憂国」

先にふれた「『憂国』の謎」（昭和四十一年）で三島の語るところが、真実に近いだろう。彼はそこで、小説家の仕事には「何よりもまづ、そこにモノを存在せしめるといふ意志の自発性が必要である」と言う。「しかし、人間といふものは奇妙なもので、自発性、意志性が濃くなるに従つて、単なる存在性は希薄になつてくる」。このあたり、このエッセイが発表された一九六六年当時、日本の思想界を席捲していたサルトルの実存主義に対する三島の反論が反映している。周知のようにサルトルの投企の哲学は、意志（サルトルによればこれは「意識」すなわち「無」に発する）によって、「存在（人間といってもよい）」を未来へ投企することに賭ける哲学であるのだから。三島はサルトルの考えとは逆に、人間が意志を発揮するに従って、「モノ」としての存在感が希薄になるのである「が」、と続けるのである、――

「芸術家の場合には、作品といふものがある。芸術家は、ペリカンが自分の血で子を養ふと云はれるやうに、自分の血で作品の存在性をあがなふ」

重要な発言である。ここにはすでに七〇年の割腹と介錯による自決の思想が明瞭に現れている。三島は彼の作品（とりわけ「憂国」）という「モノ」を、自分の血で贖《あがな》ったと言える。比喩的な意味ではなく、自身で流した血を「憂国」に分け与えたのである。

「『憂国』の謎」はこうも言う、――

「彼が作品といふモノを存在せしめるにつれて、彼は実は、自分の存在性を作品へ委譲してゐるのである」

作者自身に代わって、作者自身から「委譲」されて、作品が「モノ」になる。当然、作品に属する俳優（三島由紀夫と鶴岡淑子）も、「モノ」になるのである。

ここから三島はさらに晦渋なことを言う。大切な箇所だから、フレーズごとに読み解いてみよう。彼は映画俳優という「ふしぎなモノ」について語る、――

「ここに芸術家の存在性への飢渇がはじまる。私は心魂にしみて、この飢渇を味はつた人間だと思つてゐる。さういふ私が、存在性だけに、その八十パーセントがかかつてゐる映画俳優といふふしぎなモノに、なり代らうとする欲求は自然であらう」

三島が写真や映画で、こういう「モノ」になろうと試みたことはよく知られている。小説「憂国」の前年、昭和三十五年（一九六〇年）には、増村保造監督の大映映画『からっ風野郎』に若尾文子と共演し、たいそう不評を買っているし、映画「憂国」の二年前、昭和三十八年（一九六三年）には、細江英公写真集『薔薇刑』で完璧な被写体になり、ゴムホースを体に巻きつけたり、薔薇を口に咥えたりして、たいそうSM的なポーズを披露したりしているが、「憂国」で自作に主演してみて初めて、「存在性への飢渇」という映画俳優の在り方に覚醒し、これと本気で取り組んだのである。

三島が、芝居の俳優でもなく、写真の被写体でもなく、映画俳優の特殊性について語ったのは、映画「憂国」をもって嚆矢とするのである。そのことを「『憂国』の謎」は、次のように分析する、——

「いはば私は、不在証明《アリバイ》を作らうとしたのではなく、その逆の、存在証明をしたい、といふ欲求にかられたのである。だから映画『憂国』は、私の不在証明《アリバイ》を証明しようとしたものの如く見えるだらうが、実は、その逆、私の存在証明をしようとしたものだ」

「不在証明《アリバイ》」ではなく「存在証明」を、映画「憂国」でおこなおうとした、という三島の言をしっかりキープしていただきたい。

ここで奇妙なのは、小説「憂国」と同時期に書かれた短篇「スタア」（昭和三十五年［一九六〇年］）。前記のように「スタア」は「憂国」「百万円煎餅」とともに、短篇集『スタア』に収録された）で、主人公の「スタア」、水野豊（「僕」）の考えとして、三島がこう書いていることである、——

「スタアといふものは、いつもその場にゐないはうがいいのだ。どんな義理のある会でも、どうしても出られないといふはうがスタアらしいのだ。不在がスタアの特質なのだ。スタアが果して来るか来ないかといふことが、その会に不断のきらびやかなサスペンスを作る。本当のスタアは決して来ないのだ。来るのは、二流の売れなくなつた連中に決つてゐる」（傍点引用者）

これはプルーストが言っていることと同じである。プルーストは『失われた時を求めて』で、あなたが求められる（recherché）人になりたければ、あらゆる会合に欠席の返事を書きなさい、と言っている。そうすれば、あなたの門前に人々の垣ができるでしょう、と。

「不在」が人を呼び寄せるというのは、サルトルがプルーストから継承した思想である。「不在」を「無」に置き換えれば、『存在と無』の哲学の絵解きになるだろう。

問題はしかし、同じ三島が五年後の「『憂国』の謎」になると、不在証明ではなく存在証明を要求し、「映画俳優といふふしぎなモノに、なり代らうとする欲求」を語ることである。これはどういうことだろう？

彼は前言撤回（ロラン・バルトが写真論『明るい部屋』で言うpalinodie）をおこなったのである。

モノ、あるいは幽体としての俳優

短篇「スタア」において「不在がスタアの特質なのだ」と言われた、その「不在」が、「モノ」に変わったのである。「不在証明《アリバイ》」から「存在証明」へ。これは短篇「スタア」から映画「憂国」のあいだで、その五年間のあいだに、三島の政治思想が変わったという、単なるイデオロギーの変化より、決定的に重要な変化である。

変化というより、三島の思想がいっそう深められたのである。短篇「スタア」において「無」あるいは「不在」であった俳優が、映画「憂国」において「モノ」になった。換言すれば、「無」と「存在」が回転扉のような同一者の表裏になった、ということである。「存在」と「無」が同じモノになったといってもよい。

ここに言う「無」あるいは「存在」が、「物の怪」や「物語」における「モノ」に等しいことが了解されよう。それは『源氏物語』に言う「生霊《いきりょう》」であり、「憂国」に登場する中尉も、その妻も、生きている存在というより、存在と不在の境界に行き来する亡霊のような「モノ」——すなわち「幽体」にほかならないことを証している。

このことが、今日、映画「憂国」を見ると、まざまざと実感される。先に引用した、「私の演出プランは、青年将校の役をまつたく一個のロボットとして扱ふことであつた。彼はただ軍人、ただ大義に殉ずるもの、ただモラルのために献身するもの、ただ純粋無垢な軍人精神の権化でなければならなかつた。私は、あらゆる有名俳優の顔や表情がそのイメージを阻害することを知つてゐた。そこで、武山中尉に能面と同じやうに軍帽を目深にかぶらせ、彼の行動を軍帽と軍服で表現しようとした」という「『憂国』映画版」の真意は、そのように解されねばならない。

結論として言えることは、六〇年の三島、六五年の三島、七〇年の三島のあいだに、三島には政治的変節はなかった、イデオロギーの変化はない。その間にいちじるしく過激化しこそすれ、彼の政治的意見は多かれ少なかれ「仮面の告白」であった。「モノ」としての映画「憂国」はますますその存在感と輝きを増した、ということである。

先に述べたとおり、三島は映画「憂国」を小説「憂国」で読解しようと試みている（このタイムパラドクスについてはすでに述べた）。映画「憂国」が小説「憂国」の二人の主人公（中尉夫妻）の行動の不気味さ、女主人公の様式化された振舞い、目深にかぶった軍帽の下から一瞬覗く中尉の目の、奇怪なまでに非人間的な（ボードリヤール）まなざしを、浮き彫りにしてくれる。すなわち、麗子も中尉も、登場してきたときから、なかば死者、なかば亡霊と化した能舞台の幽体と化している。二人の動作の「ロボット」のやうなぎごちなさは、そこに存する。

「憂国」の精髄——軍帽の下に覗く三島の眼

冒頭、三島直筆の巻物が繰られ、前段となる蜂起の概要が簡潔に述べられる、——「昭和十一年二月、二・二六事件勃発のとき、青年将校たちは、ただ一人だけ、盟友を誘はなかつた。彼はまだ新婚で、その妻と愛し合つていたからである。／彼、武山信二中尉は、そのため、皮肉な境遇に置かれた。近衛輜《しちょう》重兵大隊勤務の将校として、帝都の守備に任じ、やがて事態の変化と共に、叛乱軍の烙印を押されたかつての親友たちと、殺し合はねばならぬ運命にあつた。／もつとも不幸な皇軍相撃の時が迫つていた。それは生一本な中尉の、到底耐え難い事態であつた」（『全集』別巻収載の冊子による）。

したがって中尉の自裁は、一般の自殺とは異なることに注意せねばならない。中尉は厭世的になったり、「ぼんやりした不安」（芥川）に駆られて死を選んだのではない。身命を共にした同志を討つことはできない、という絶体絶命の板挟みにあって、もはや死ぬしかない、という決断がなされたのである。それゆえこれは敗北としての自殺ではない。むろん勝利としての自殺でもない。中尉には勝算などというものはない。

巻物が繰られ、第一章「麗子」。「事件勃発後、ただちに守備についた良人の留守を守る中尉夫人麗子は、雪の朝、ものも言はずに駈け出して行つた中尉の顔に、すでに明らかな死の決意を読んでいた。／良人がこのまま生きて帰らなかつた場合は、跡を追う覚悟ができている。彼女は形見を整え、良人の愛のすべてを心によびおこす。……」（同）

ここから映画は始まる。端座する麗子（鶴岡淑子）。その孤影。少年のような微笑を浮かべる。痛々しい、壊れたような微笑み。「至誠」の掛け軸。三島の自筆である。遺書をしたためる麗子。ワグナーの「リーベストート（愛の死）」の旋律とともに筆を走らせる。彼女の顔を愛撫する中尉の幻の手。腰のあたりで組み合わされる麗子と夫の手。手が輪舞し、変幻する。中尉も麗子も、すでに死者であり、亡霊であるようだ。神棚にある御真影。麗子はワグナーの角笛に呼ばれたように、迅速に立ち上がる。(★1)

第二章「武山中尉の帰宅」。雪を払い、コートを脱ぐ中尉。長靴のまま部屋に上がる。日本人の習慣にはない振舞いだが、この映画はリアリズムによって撮られてはいない。「至誠」の文字を背景に、向かい合って座る中尉と麗子。中尉は妻に割腹の覚悟を告げる。かすかに頷く麗子。

第三章「最後の交情」。横たわり、上体を起こす中尉と、うつぶせになりながら、中尉を見上げる麗子。

二人とも素裸である。二人の裸体に微かにトランスジェンダーの気配が流れる。背後には「至誠」の墨痕淋漓《ぼっこんりんり》たる大きな文字。前後の脈絡もなく、半ば抜かれた剣の刃のかがやきがすさまじく映える。抱擁する夫妻。至高の愛。いとしく切ない接吻。恍惚とした妻の顔を撫でまわす夫。女の髪が燦然とかがやく。髪と手が乱れる。麗子の延ばされる腕（谷崎なら足のフェティシズムが主題となるところ）。「誠」の字の下で波打つ麗子の白い腹。典雅なへそ。汗はかいていない。この映画では、どんなに激しく愛しあっても、汗は流れず、呻きも聞こえない。クールな愛のいとなみである（汗は割腹する中尉の顔にだけ夥しく流れる）。ひたすらワグナーのリーベストートとともに至高の愛が奏でられる。中尉の裸の胸に投じられる麗子の髪の影。恍惚として仰のく麗子。

第四章「武山中尉の切腹」。正座する中尉。軍帽の下にのぞく中尉の不気味なまなざし。この目が映画の始まりから最後まで画面を裁量する。この映画もまたミシマ的に解釈された〈眼球譚〉なのである。剣を手にする中尉。それから上着の前を開き、ズボンの前をあけて、剣を取り、腿に試し切りする。初めて血が流れる。はっとする麗子。見ひらかれた彼女の目。ふたたび軍帽の下にのぞく中尉の奇怪な目。動物の、獣の目。モノと化した目。腹を抉る剣。血があふれる。おびただしい血。陰茎やふぐりのような血まみれのはらわたが見える。それは一瞬少し勃起した大きな陰茎に見える。いや、三島は本物の陰茎を露出したのかもしれない。鶴岡淑子はそれを見たのかもしれない。まさに露出狂である。彼は鶴岡のまなざしによって興奮し、勃起するのだ。三島によれば、「それこそはものの衝撃であり、肉体といふものについてわれわれが漠然と抱いてゐる安全感の転覆であり、肉体の裏側を見せられることの恐怖である」（「映画的肉体論」）。涙を散らす麗子の顔。大量の血は麗子の裾にも飛び散る。谷崎の『残虐記』には、妻に看取られながら、悶え苦しみ死んでいきたいと遺書にあったが、今はその願望が麗子と中尉のあいだで実現している。マゾヒズムの極致である。よだれを垂らす中尉。歯を剝き出し、泡を吹き、苦悶する。ここでもあくまでも女が彼を見ていることが大切だ。まなざしが一切を決定する。中尉は剣で咽喉を突こうとして果たさない。涙を迸らせながら、膝行しようとして進まない麗子。何度も咽喉を突こうとする中尉。ついに麗子は夫のそばに駆け寄り、剣は中尉の咽喉を貫く。血を吐いてうつぶせる中尉。麗子は倒れ伏す夫のかたわらに立ち上がる。

化粧と憑依、遺骸のかたわらに立つ麗子の威容

第五章「麗子の自害」。妻はまだ夫のかたわらに立っている。端然たる顔のアップ。それから裳裾を引きずって歩き出す。裾にさわり、中尉の軍帽が生きているように動く。三島の説明はこうである、――

「もつとも印象的な効果的な一例は、中尉が切腹し息絶えて俯伏《うつぶ》せに倒れると、軍帽が脱げて前へころがり、中尉夫人が死出の化粧で橋ガカリへゆくとき、白い裾の端がその軍帽にさはつて、今までころがつたまま立つてゐた軍帽がパタリと倒れる、といふ堂本［堂本正樹。「憂国」の演出家］案である。これは画面によく生かされてゐる」（「憂国 映画版」）

化粧の間に姿を現す麗子。襖が自動的に閉まる。着物の前を整える麗子。女王然として威厳がある。「憂国」のハイライトである。手鏡を手にする。円い鏡の反射が壁に投じられる。横顔の麗子。ほと

んど凄愴な化粧である。三島の初期短篇「春子」(昭和二十二年[一九四七年])の化粧と憑依のラストシーンを参照したい、――

「その右手が口紅をかざしてゐるのがわかる。彼女[路子。ヒロイン春子とレズビアンの関係にある]の息づかひが私の息づかひと一つのものとなるほどに、燃えてゐる顔が大きな見えない薔薇のやうに私の前に在つた。/するとふいに痛いやうな気がした。痛いとおもつたのは錯覚であらう。だるいやうな重みが唇に伝はつたのだ。それがきつく、生温かく引かれてゐる。私の唇のしわが片寄り、私の唇は麻痺しながら、険しい表情で、おそらく神も面《おもて》をそむけるだらう夢を見はじめた」

「春子」の主人公「私」は奇怪な男女《おとこおんな》である。彼は路子の化粧の下で次第に女に変わってゆく。彼から彼女へ。春子の憑依した路子が、女になった「私」の唇にルージュを塗るのだ。「憂国」の鏡の場では、麗子から淑子へ、淑子から美少年(「愛の処刑」)への変換がある。麻痺したように顔にパフをはたく麗子。痴呆の表情。入神の演技だ。くちびるに指で紅が刷かれる。憑かれたように立ち上がり、夫の割腹の間へ移る。見返り美人のポーズをとる麗子。血だまりのなかをはだしで歩む。床に裳裾が引かれると、それにつれて血だまりも引いてゆく。血だまりも、ここでは生きている。生きて、裳裾の跡に追いすがる。ふしぎな映像の魔法である。幽界の雰囲気。剣を首に刺し貫いた夫のかたわらに寄り、最後の口づけをする。立ち上がる麗子の威容。立って犠牲者を見下ろす。女サディストの姿である。まるで彼女が中尉を刺殺したようだ。**Castration**(去勢)の情景。ついで正座し、懐剣を手に、刃を咽喉に当てる。すこしなめてみる。突く。白い血が飛び散り、中尉の胸に倒れ伏す。一転して舞台は龍安寺の石庭に変わる。血は拭い去られている。一切が浄化される。抱き合って横たわる二人。次第に遠景になる。画面に拡がる砂の庭の文様が、迷宮の図形を描き出す。「終」の一字が出る。

「金色の死」(谷崎)の二重否定を試みた三島

「『金色の死』を否定したことにより、谷崎氏は、自己の芸術的方法の根本的矛盾に目をつぶり、その背理をおしすすめる未聞の方法へ触手をのばすことなく、日本独自の、あの写実主義と装飾主義の折衷［三島は一貫して谷崎に「写実主義」と「装飾主義」の折衷を見る。後出の「リアリズム」と「抽象主義」と同じである］ともいふべき、伝統的背理を利用して、そこに悠々たる芸術境をひらくのである。ナルシシズムの地獄の代りに、円滑な、千変万化のマゾヒズムの夢が花ひらいた。サディスティックな批評能力がすべての形式を破壊してゆくやうな嗜慾とは無縁であつた氏は、どんな悲劇の裡にも或る至福を語り、その語ること自体の情熱が、読者を魅するにいたる。氏は、官能による美を存在せしめる秘法を会得し、二度と『金色の死』の自己破壊に陥ることがなかつた」

三島と谷崎、白熱のセッションというべきである。ここには三島の犀利な自己批評と、谷崎への愛情に充ちた批評の交錯する、批評的エッセイの達成がある。「ナルシシズムの地獄」とはまさに三島の「憂国」の幽界であろうし、「円滑な、千変万化のマゾヒズムの夢」とは谷崎の『鍵』の万華鏡を表していよう（『鍵』における教授の日記より――「ソノ時僕ハ第四次元ノ世界ニ突入シタ」「而モ極メテ鮮カナ色彩ヲ帯ビテ」）。「サディスティックな批評能力がすべての形式を破壊してゆくやうな嗜慾」とは、三島のエッセイ「太陽と鉄」の思想を端的に告げているし、「どんな悲劇の裡にも或る至福」とは、谷崎「春琴抄」における春琴と佐助の愛の至福に通じるだろう。「『金色の死』の自己破壊」は三島の長篇『奔馬』の結末における割腹自殺や、とりわけ三島自身のあの悲劇的な「自己破壊」以外の何ものでもないし、「官能による美を存在せしめる秘法」とは、谷崎の短篇の名作「刺青」や「人魚の嘆き」の「秘法」と解されよう。

――映画「憂国」から五年後、三島自決の年の昭和四十五年（一九七〇年）に、『新潮日本文学6谷崎潤一郎集』の「解説」として書かれた、三島による最後の谷崎潤一郎論末尾の一節を引いた。

三島はこの「解説」で、一巻に収録された『細雪』に始まり、『痴人の愛』、『卍』、『少将滋幹の母』、『瘋癲老人日記』に加えて、「刺青」、「秘密」、「金色の死」、「春琴抄」という、長・短篇のラインアップからなる大部の谷崎作品集を論じるに当たって、ただ一篇の短篇「金色の死」だけを選ぶという放れ業を演じている。

その理由として三島は「解説」の冒頭で、いままで数度、谷崎の全作品について論じているので、「今度は別の角度から、谷崎氏の全作品に逆照明を投げかけてみたいと思つた」と言う。「その逆照明の光源として私の選んだのが、『金色《こんじき》の死』といふ作品である」と。

しかしこれは言い訳にすぎないので、三島の真意は別のところにあったと考えられる。すなわち三島は谷崎の「金色の死」を論じることによって、谷崎の延命する文学と自らの自裁する文学の相違を、最後にもう一度、徹底的に分析する機会を捉えたのである。

とはいえこれは、いうまでもなく谷崎批判の論ではない。戦前において谷崎に深く傾倒した（とくに「刺青」、『卍』、「吉野葛」、「蘆刈」、『春琴抄』を三島は愛した）三島は、戦後すぐ川端に師事し、晩年になって再び谷崎に回帰している、と私は先に述べたが、「金色の死」を通して谷崎と自身を対決させた三島は、ここで谷崎に最後の深切な批評の目を注いだのである。

ある意味では「金色の死」を三島は、来たるべき自身の死の暗喩として解読したのかもしれない。清水良典はその初期の論考『虚構の天体 谷崎潤一郎』の巻頭論文「金色と闇との間」で、谷崎の「金色の死」とこの三島の「解説」を論じて、「死から逃れるために谷崎が『金色の死』を否定したと考えることは、三島にとって谷崎に訣別し、〝境界〟をとびこえるためのスプリング・ボードだったように思われる」と書いている。

「金色の死」を否定した谷崎を否定することによって、「金色の死」の二重否定による谷崎の荘厳化を試みた三島は、この「解説」を草した同じ年の十一月二十五日、清水の言うように「金色の死」を「スプリング・ボード」に、市ヶ谷台の蹶起と自決へジャンプしていったのである。

映画「憂国」は谷崎「金色の死」の三島版

「金色の死」は谷崎の最初期の短篇で、大正三年（一九一四年）、「東京朝日新聞」に発表されたきり、「自作に対して潔癖な作者自身に嫌はれ、どの全集にも収録されず、歿後の中央公論社版全集ではじめて読む機会が与へられた」と三島の前記「解説」にある。「作者自身に特に嫌はれる作品といふものには、或る重要な契機が隠されてゐることが多い」とも言う。近々「金色の死」を死ぬ覚悟をした三島には、「金色の死」から「身を背けてしまつた」谷崎は、「自殺を否定したやうに思はれ［た］」のだろう。換言すれば、「金色の死」を自分の全集のリストから外した谷崎に、三島は裏切られたと感じたのではないか。

「金色の死」には二人の主人公が登場する。「私」と岡村君である。「私」は谷崎自身の伝記的要素の反映した文学青年で、岡村君は体操狂いのスポーツマンタイプ。三島は「金色の死」の「私」に彼自身のひ弱な文学青年時代の自分を見出し、機械体操で体を鍛錬する岡村君に、ボディビルや剣道に精励する、肉体改造後の強壮な自分を見出したようだ。

「希臘的精神の真髄を会得したものは、体育の如何に大切であるかを感ぜずには居られない。凡ての文学と凡ての芸術とは、悉く人間の肉体美から始まるのだ」という岡村君の思想に、『アポロの杯』の作者は諸手を挙げて賛同しただろう。「僕はいつ何時《なんどき》でも自分の姿は絵になつてゐると信じてゐる」と自身のナルシシズムを披歴する岡村君は、写真集『薔薇刑』や映画「憂国」で筋骨隆々たる裸体をさらす三島のポートレイトと言っても過言ではない。

とはいえ「金色の死」は全体に観念の絵解きといった性格が強く、三島も「失敗作」と見做しているが、失敗作に三島は自分にとって重要な谷崎のメッセージを読み取ろうとしたのである。

「金色の死」の岡村君は二十七歳になると、箱根仙石原の盆地に「自身の設計に係る芸術の天国」を建造する。ある日、そこに招待された「私」は彼の芸術に感嘆するのだが、「それから十日ばかり後、歓楽の絶頂に達した瞬間に」、彼は突然死んでしまう。その死に方が尋常ではない、――

「十日目の晩には大勢の美男美女を選りすぐり、羅漢菩薩の姿をさせたり、悪鬼羅刹の装ひをさせたり、揚句の果に自分は満身に金箔を塗抹して如来の尊容を現じ、其の儘酒を呷つて躍り狂ひ」「明くる日の明け方まで何も知らずに睡り通した一同の者は、やがて眼を醒ますと部屋の中央の卓子の上に、金色の儘氷の如く冷めたくなつて居る岡村君の死骸を発見したのです。彼の邸に雇つてあつた医師の説明によると金箔の為めに體中の毛孔を塞がれて死んだのであらうと云ふ事でした」

これが岡村君の「金色の死」であるが、谷崎がこの死につけた注釈が、三島をいたく共感させたことは、想像に難くない、――

「私は此のくらゐ美しい人間の死体を見た事がありませんでした。此のくらゐ明るい、此のくらゐ荘厳な、『悲哀』の陰影の少しも交らない人間の死を見た事がありませんでした」

三島によれば、その「金色の死」は、「美の創造者と体現者の一人二役」を演じた者の死であり、「芸術家と芸術作品を一身に兼ね［た］」者の死である。その意味で、映画「憂国」はまさしく谷崎「金色の死」の三島版だったのであり、自作自演という意味では、この映画で腹を切る武山中尉は、「ボオドレエルの言葉を借りれば、『死刑囚であると同時に、死刑執行人であることなのだ』」「『悪の花』「我と我が身を罰する者」の一句。既出」」(「憂国 映画版」)。

そして三島は彼の「金色の死」論を、次の一文で結論づけている、——

「その一致の瞬間とは、自分の意図した美が完成すると同時に自分の官能を停止せしめ、すなはちその金粉が皮膚呼吸を窒息させ、自分の内面にはもはや何ものも存在しなくなり、肉体は他者にとつての対象に他ならなくなり、すなはち死体になつた瞬間であつた」

死とは人間にとって絶対の他者である、と「金色の死」を下敷にして三島は述べるのである。映画「憂国」で三島が体現したという、あの「モノ」である。市ヶ谷台で首を刎ねさせた彼は、ついにその完璧なモノと化することに成功した、といってよい。

しかし、と彼はさらに論旨を転じる、——

「谷崎氏はこれらの命題を綜合的に追究することなく、失敗作『金色の死』から身を背けてしまつたのである」

その理由として三島が挙げるのは、「氏はおそらくこの作品の線上の追究に、何か容易ならぬ危険を察知して身を退いたやうに思はれる」ということだった。

「容易ならぬ危険」から身を退いた谷崎に対比して、あえて危険に身をさらす者の決意が、ここからは聞き取られる。

意地悪なマゾヒストであれ

もっとも、谷崎における死の回避ということは、三島の初期の「大谷崎」と題したエッセイにすでに指摘されている。

昭和二十九年（一九五四年）に刊行された筑摩書房版『現代日本文学全集18 谷崎潤一郎集』の月報として書かれたもので、そこで三島は、芥川龍之介の自殺から身を躱した谷崎の延命の仕方を、こう語っている、——

「おそらく谷崎氏の生き方には、私の独断だが、芥川龍之介の自殺が逆の影響を与へてゐるやうに思はれる。芥川の死の逆作用は、大正時代の作家のどこにも少しずつ影を投じてゐる。谷崎氏は、芥川の敗北を見て、持ち前のマゾヒストの自信を以て、『俺ならもつとずつとうまく敗北して、さうして永生きしてやる』と呟いたにちがひない」

芥川と谷崎の「話のない小説」論争（昭和二年）はよく知られている。この対立において三島はどこに位置したか、という問題は興味深いが、結論として三島は谷崎の側についたといえよう。このことはしかし、三島が谷崎的な延命の仕方に与した、という意味ではない。

あるいは先のこと（昭和三十七年［一九六二年］）になるが、別のところで、「究理的で献身的なサディスト［三島は自分をそう考えていたのかもしれない］である代りにわがままで意地悪なマゾヒストであることを、自分の文学的主題とした谷崎氏」（「谷崎潤一郎論」『私の遍歴時代』所収）という評を、三島は谷崎に呈している。

そう語りながら谷崎からやや離れていたかに見える三島が、ふたたび谷崎に戻って来たのは、いうまでもなく、昭和三十一年刊の『鍵』と昭和三十七年刊の『瘋癲老人日記』、なかんずく『瘋癲老人日記』によって、晩年の大谷崎が大輪の花を咲かせた時期のことである。「［谷崎文学が］再び私の手に戻ってきたと感じられたのは」と、三島は昭和四十年（一九六五年）七月の「谷崎潤一郎氏をいたむ」という毎日新聞の追悼文（谷崎はその年の七月三十日、湯河原の自宅で逝去、享年七十九）に書いている、——

「『鍵』『瘋癲老人日記』のすさまじい諸作品からである。批評家たちが、ほめながらももて余して『老人文学』などと呼んでお茶を濁してゐるのを見て、私は満足であつた。『鍵』『瘋癲老人日記』こそ、中期の傑作『卍』の系列に属するもので、フランス十八世紀文学のみがこれに比肩しうる、官能を錬磨することによつてのみえられる残酷無類の抽象主義であり、氏の文学のリアリズムの本質をあからさまに露呈したものであつた」

こう言ったとき三島が念頭に浮かべたのは、サド、ラクロの二人だったろう。ラクロの書簡体小説『危険な関係』は谷崎の日記体小説『鍵』に影響を与えている。

ここでも三島は谷崎における「抽象主義」と「リアリズム」の並在を語る。この並在が『鍵』と『瘋癲老人日記』でもっとも顕著に認められるというのである。

滑稽な悲劇性（『鍵』）と荘厳な喜劇性（『瘋癲老人日記』）

とはいえ三島は一貫して『鍵』より『瘋癲老人日記』を高く評価しているようで、没年の昭和四十五年に書かれた問題の「金色の死」を論じた「解説」においても、——

「最晩年の傑作『瘋癲老人日記』のみが、ふしぎな照応によつて、『金色の死』との一種皮肉な対照を保ちつつ、辛うじて第三命題［「官能的創造の極致は自己の美的な死にしかない」とする「金色の死」で示された「最終命題」］に近づくのである。しかし谷崎文学を論ずる場合、青年期に書かれた『金色の死』のやや滑稽な悲劇性と、『瘋癲老人日記』の荘厳な喜劇性とは、見忘れられてはならない対比である」

と、『鍵』以上に『瘋癲老人日記』に対する最大限の賞讃を呈することをやめないのだった。『鍵』と『瘋癲老人日記』。どちらが優れているのだろうか？　三島はなぜ後者を前者より評価したのか？

かろうじて理解されることは、『鍵』の主人公の大学教授はまったくのヘテロセクシャルな人物であるが、『瘋癲老人日記』の卯木督助は、高齢（七十七歳）ということもあり、バイセクシャルな傾向を表し、「イツタイ予ニハ Pederasty ノ趣味ハナイノダガ」と断わりながら、「最近不思議ニ歌舞伎俳優ノ若イ女形ニ性的魅力ヲ感ズルヤウニナツタ」とか、「男装ノ麗人ナラヌ女装ノ美少年ニ魅力ヲ感ジ出シタ」と告白していて、これがゲイの三島に好感をもって受け止められたことが、一つの理由に挙げられる。

もう一つの理由は、『瘋癲老人日記』の卯木のほうが『鍵』の教授より、ブレヒトのいわゆる〈異化的効果〉が強くはたらいていて、作者の谷崎との〈距離〉があからさまに設けてあること、その結果、主人公に対して颯子が「殴ルワヨ、ホントニ」と言ったり、「オ爺チヤンノ癖ニ生意気ダワ」と歯に衣着せぬ罵言を浴びせかけたりするところに、三島の批評家としての犀利な視線が感応したこと、などが考えられる。

何よりも三島は『鍵』の「滑稽な悲劇性」より、『瘋癲老人日記』の「荘厳な喜劇性」を評価した、と指摘すべきだろう（引用は前出「解説」より。「滑稽な悲劇性」は「金色の死」について述べられており、「やや滑稽な悲劇性」とあるが、「やや」を取れば、この評は『鍵』にこそふさわしいと思われる）。

生来の気質として悲劇を好むディオニュソス型の三島が、『瘋癲老人日記』の「喜劇性」を高く評価したのは意外であるが、以下の事情を勘案するなら、必ずしも理解できないことではないだろう。『瘋癲老人日記』の「喜劇性」、あるいはユーモラスな老人像ということは、『瘋癲老人日記』と同じ、〈老人が息子の嫁を愛する〉という背徳の愛をテーマとしながら、川端康成の最高作の誉れが高い『山の音』（昭和二十九年。老いたる家父長・信吾は、息子・修一の嫁・菊子を愛する）には、まったく欠けている要素である。昭和四十三年の川端ノーベル文学賞受賞以後、川端から離反したと思われる三島（最有力候補でありながら受賞を逸した）が、悲劇性をもっぱらとする『山の音』と同一の主題を扱う『瘋癲老人日記』の「喜劇性」を高く評価することによって、昭和四十五年という三島自決の決定的な年に書かれた最後の谷崎「解説」で、暗に深刻一辺倒の川端批判に転じる姿勢を示したと考えることができる。川端と谷崎の対比については、『瘋癲老人日記』雑誌初出と同年、つまり小説「憂国」と同年の昭和三十六年（一九六一年）に、川端のやはり老人文学の名作『眠れる美女』が刊行されたことを付言しておく。（三島と川端の確執については、鈴村著『テロの文学史 三島由紀夫にはじまる』の「ノーベル文学賞が〈三島VS川端〉を死の淵へ」の項目参照）。

さて、それでは本章も最後に『瘋癲老人日記』の「荘厳な喜劇性」にふれて、三島と谷崎のSMの頂点に、話題を転じることにしよう。

颯子の足をしゃぶる督助（『瘋癲老人日記』）

『瘋癲老人日記』において、三島が繰り返し強調する谷崎の「抽象主義」（「装飾主義」）と「リアリズム」（「写実主義」）の折衷がもっとも端的に表れているところは、卯木督助が彼の熱愛する嫁の颯子の足をしゃぶる場面である。

いつもなら「コ、閉メルワヨ」と言う代わりに、「コ、開イテルワヨ」と颯子が言う。のみならず、「今日ハ接吻サセタゲルワ」と言って、シャワー室のカーテンの蔭から「脛《すね》ト足ガ出タ」。

この「脛ト足」が督助を狂喜させるが、それだけではなく、「今日ハ唇ダケデナクツテモイ、、舌ヲ着ケテモイ、、」という許可が出るのだ。

むろん、颯子には計算があって、「足気狂ヒノオ爺チヤン」から三百万円もする猫目石《キャッツ・アイ》をせしめようという魂胆である。そこからが『瘋癲老人日記』のハイライトとなるマゾヒズムとフェティシズム最大の見せ場になる、——

「予ハ七月二十八日ト同ジ姿勢デ、彼女ノ脹脛《ふくらはぎ》ノ同ジ位置ヲ唇デ吸ッタ。舌デユックリト味ハウ。ヤ、接吻ニ似タ味ガスル。ソノマ、ズル〳〵ト脹脛カラ踵マデ下リテ行ク。意外ニモ何モ云ハナイ。スルマ、ニサセテヰル。舌ハ足ノ甲ニ及ビ、親趾《ゆび》ノ突端ニ及ブ。予ハ跪イテ足ヲ持チ上ゲ、親趾ト第二ノ趾ト第三ノ趾トヲ口一杯ニ頬張ル。予ハ土踏マズニ唇ヲ着ケル。濡レタ足ノ裏ガ蠱惑的ニ、顔ノヤウナ表情ヲ浮カベテヰル」

と、督助は颯子の足指を頬張り、足裏に唇をつけて、至福の境地に遊ぶ。
これだけの引用でもご理解いただけたと思うが、ここではまず「予」という一人称主語の活用に注意したい。これは『鍵』の教授が日記で使う「僕」ではいけない。『鍵』の例えば「突然僕ハ舌ノ尖端ニ齕噬《こうぜい》ヲ感ジタ」と『瘋癲老人日記』の「予ハ〔颯子の〕土踏マズニ唇ヲ着ケル」を比較していただきたい。同じ舌や唇の話だが、「僕」では（「滑稽な悲劇性」は出ても）、三島の言う「荘厳な喜劇性」は出ない。
『痴人の愛』（大正十三年〔一九二四年〕）の「私」では、もっとよくない。『痴人の愛』でも舌や唇が活躍するが、「彼女〔ナオミ〕が唇をさし向けると、私はその前へ顔を突き出して、恰も吸入器に向ったやうにポカンと口を開きます。その口の中へ彼女がはツと息を吹き込む、私がそれをすうツと深く、眼を潰つて、おいしさうに胸の底に嚥み下します」という有名な〈息の接吻〉の場面と、『瘋癲老人日記』で颯子が「唾液ヲ一滴」口に垂らし込んでくれる場面、——

「接吻ニハ遂ニ逃ゲラレテシマツタ。口ト口ト合ハセナイデ、互ニ一センチホド離レテ、アーントロヲ開ケサセテ、予ノ口ノ中へ唾液ヲ一滴ポタリト垂ラシ込ンデクレタヾケ」

『痴人の愛』では傍点を振ったり、「ポカン」と片仮名を使ったりしているが、『瘋癲老人日記』の「予」や「アーン」や「ポタリ」にはかなわない。同じ〈痴人の愛〉というテーマを追いながら、谷崎は『瘋癲老人日記』で徹底した（三島のいわゆる）「喜劇性」を追求して、みごとに成功したのである。

一般に「予」は権威的な主語である。そういう権威的な一人称を使う男、なかんずく七十七歳の立派な老人、「予」と自尊する存在が、若い嫁の足裏に唇を這わせ、土踏まずまでも舌でしゃぶり尽くすところに、「荘厳な喜劇性」が極まるのである。

骸骨たちのダンス・パーティのように

もう一つ、Iで触れた片仮名の効果が『瘋癲老人日記』では、最大限に発揮されていることを忘れてはならない。

谷崎は『鍵』で、大学教授が用いる片仮名にマゾヒストの言語運用を発見したのだが、『瘋癲老人日記』では、『鍵』に見た妻の郁子のいくらか湿っぽい平仮名の日記がないために、とくに老人のマゾヒズムの嗜虐感がページ一杯にひろがるようである。

そればかりか、瘋癲老人のカサカサした骨が、言葉になって紙面に散らばる雰囲気がよく出ている。まさに三島の言うように、「晩年の『鍵』や『瘋癲老人日記』では、つひに［谷崎］氏の言葉や文体が、肉体をすら脱ぎ捨てて、裸の思想として露呈して来たやうに思はれ」るのである（「谷崎朝時代の終焉」）。

肉体を脱ぎ捨てて骨だけになった裸の言葉が、片仮名になって卯木のマゾヒスティックな振舞いを描き出す。少し飛躍した例になるかもしれないが、ランボーの「首吊りどものダンス・パーティ」（『ランボー全集 個人新訳』［鈴村訳］）を参照してもよいかもしれない。

一八七〇年の作品で、詩人は十六歳になったか、ならずかの年に書かれた韻文詩（抄）であるが、老人たちの「骸骨どもの大舞踏会」で、（三島の言う）「肉体をすら脱ぎ捨て［た］」（「どいつもこいつも肉のシャツを脱ぎすてちゃったよ」）、骸骨たちのぶつかりあう大騒ぎを演出している、——

さて、めんくらったあやつり人形さん、ひょろながい腕をからませる、
黒いオルガンみたいに、胸にすき間なんかあけちゃって、
かつては別嬪《べっぴん》の姫君が抱きしめたその胸だろうが、
きたならしい愛欲の所業か、いつまでもぶつかりあう……
わはっはっ！　陽気なダンサーども、もう太鼓腹もないんだね！
跳ねまわっていいんだよ、絞首台ってのはけっこう広いからね！

そらっ！　戦闘だかダンスだか、見当もつかねえな！
ベルゼビュットのやつも頭にきちゃって、ヴァイオリンひっかいてら！
なんて固いかかとなんだ、このサンダルじゃ、すり減るってこともあるまいね！
どいつもこいつも肉のシャツを脱ぎすてちゃったよ。
残ってるのは、どう見せたってスキャンダルにもなりっこない代物さ。
頭の骨には、雪が白いシャッポをかぶせてら。

むろん、谷崎にはランボーの諧謔や嘲笑の精神はない。黒々としたユーモアはない。爆発するダダ的精神はない。それどころか卯木督助には〈聖老人〉の荘厳なオーラさえ漂う（三島なら「荘厳な喜劇性」と言っただろう）。

それともフォークナーの『響きと怒り』における白痴のベンジーを参照すべきかもしれない。谷崎がフォークナーを読んでいることは、『鍵』の冒頭、一月七日付教授の日記に、「……今日木村ガ年始ニ来タ。僕ハフォークナーノサンクチユアリヲ読ミカケテヰタノデ、チヨツト挨拶シテ書斎ニ上ツタ」とあることからも証明される。『響きと怒り』のベンジーは姉のキャディー（Caddy）を愛していて、ゴルフ場で「キャディー」（“Here, caddie”）という言葉が聞こえると、フェンスに沿ってその声の聞こえるところへ歩いて行ってしまう。谷崎の瘋癲老人はベンジーのような白痴ではないが、彼が颯子への愛に溺れる有様を見ると、今日で言う認知症に近い痴呆老人の振舞いである。

谷崎の片仮名表記はあるいは、フォークナーの邦訳が『響きと怒り』や『死の床に横たわりて』などのイタリックの部分で片仮名を使ったことにヒントを得たのかもしれない。もともと片仮名で表記される外来語に傍線を引くのも、フォークナーの邦訳の習慣である。この傍線が『鍵』では用いられず、『瘋癲老人日記』で用いられていることも（一例が「今日ハオ爺チヤン、ネッキングサセタゲマセウカ」）。これなど外来語が片仮名と旧仮名に組み合わされて、絶妙の効果をあげている）、谷崎におけるフォークナー翻訳の読書を考える上で興味深い。『鍵』から『瘋癲老人日記』へ、谷崎のフォークナー体験が深化したのである。

三島が指摘した『瘋癲老人日記』の「リアリズム」と「抽象主義」の問題に戻ると、女の足をしゃぶるという行為は露骨な「リアリズム」の極致であるが、老人のマゾヒズムというテーマについていえば、きわめて観念的、「抽象主義」的なものだということができる。

「親趾ト第二ノ趾ト第三ノ趾トヲ口一杯ニ頬張ル」老人の恰好を想像しただけでも、そのグロテスクで滑稽な姿は噴飯ものだが、女神のように老人に君臨する颯子の足の裏が、蠱惑的な女の「顔ノヤウナ表情ヲ浮カベテヰル」となると、極端にリアルであると同時に極端に幻想的な、老人のマゾヒズムに狂気の兆しを感知しないではいられない。

卯木老人はマゾヒズムに溺れるだけではない。彼は女の足をしゃぶることによって死の淵にさまよう。死の淵にさまよいながら、しかし死なないところが、谷崎の真骨頂で、三島と違う点である。

佐々木看護師は卯木を見て、目敏く「オヤ、オ眼ガ赤ウゴザイマスネ」と言う、「血圧ヲ測ラシテ戴キマセウ」。測ってみると、上が二百以上ある。「何カアツタンヂヤゴザイマセンカ、ドウモ不思議デゴザイマスネ」と看護師は首をひねるが、卯木にしてみれば、原因は分かっている。

「颯子ノ三本ノ足ノ趾ヲ口一杯ニ頬張ツタ時、恐ラクアノ時ニ血圧ガ最高ニ達シタニ違ヒナイ。カアツト顔ガ火照ツテ血ガ一遍ニ頭ニ騰《のぼ》ツテ来タノデ、コノ瞬間ニ脳卒中デ死ヌンヂヤナイカ、今死ヌカ、今死ヌカ、ト云フ気ガシタコトハ事実デアル」

それでも、

「彼女ノ足ヲシヤブルコトハ一向ニ止メナカツタ。止メラレナカツタ。イヤ、止メヨウト思ヘバ思フホド、マス〳〵気違ヒノヤウニナツテシヤブツタ。死ヌ、死ヌ、ト思ヒナガラシヤブツタ。恐怖ト、興奮ト、快感トガ、代ル〳〵胸ニ突キ上ゲタ」

ここで卯木老人は、妻の郁子の体に溺れる教授と同じ境地に達するのであるが（『鍵』の教授は妻を抱きながら、「………自分ハ今死ヌカモ知レナイガ刹那ガ永遠デアルノヲ感ジタ。………」）、『鍵』の教授が曲がりなりにも妻の体を抱いているのに対して、瘋癲老人のほうは息子の嫁の足指を口一杯に頬張って法悦を味わうのであるから、そのマゾヒズムは滑稽を通り越してグロテスクである。グロテスクであるが、この瘋癲老人は『鍵』の教授より崇高でさえある。彼は颯子の足をしゃぶって、「死ヌ、死ヌ、ト思ヒナガラ」、しかし死ぬことに肯んじない。『鍵』の教授は最後に昇天するが、瘋癲老人は最後まで昇天しない。「意地悪なマゾヒスト」（三島）であり続ける。死とスレスレのところで、女の足を「シヤブツタ」というところが、さすが谷崎である。それも「しやぶつた」ではなく、「シヤブツタ」というところが、大谷崎である。

ゾンビさながらのマゾ老人

「瘋癲とは何か？」、バタイユの徒である三島はこう問い、こう答えている、──

「死の恐怖においてエロティシズムと相わたることである」（「谷崎潤一郎論」『私の遍歴時代』所収）

しかしこの老人はただ単に女色に溺れて死と戯れる瘋癲老人ではない。彼は自己に対する明晰で犀利な認識を持っている。三十三年前に亡くなった母のことを思い出して、こんな反省をする。まことに理智の人の自己分析である、──

「母ハ明治十六年ニ生ンダ我ガ子ノ督助ガ［谷崎は明治十九年生まれ。督助は谷崎より三歳年長に設定してある］、ナホモコノ世ニ生存シテヰテ、コノ颯子ノヤウナ女、而モ彼女ノ義理ノ孫、彼女ノ孫ノ正妻デアル女──ニ浅マシキ魅力ヲ感ジ、彼女ニイヂメラレルコトヲ楽シミ、自分ノ妻、自分ノ子供達ヲ犠牲ニシテモ彼女ノ愛ヲ得ヨウトスルノヲ、何ト思フデアラウカ。母ノ亡クナツタ昭和三年カラ数ヘテ三十三年後ニ、忰ガコノヤウナ狂人ニナリ、コノヤウナ嫁ガ我ガ家ニ入リ込ム二至ツタコトヲ、夢ニモ考ヘタヾラウカ」

この小説は刊行年の昭和三十六年（一九六一年）に時代設定されている。安保の翌年、世の中が騒然とし始めた頃で、文中でもデモの情報がしばしば流れる。三島が「憂国」を「小説中央公論」に発表した年である。同年に発表されたという意味でも、本章の副題とした〈「憂国」VS『瘋癲老人日記』〉の関係式が成り立つ。

引用に明らかなように、督助は自分が「狂人」であることを認識しているのである。それだけではない。自分の醜悪さを、他の誰よりも露悪的なまでに知悉している。

こんな情景がある、——総入れ歯の老人は、颯子に義歯を外して見せることも厭わない。「ホラ、見テクレ、コンナ顔ダ。————」と言って、——

「予ハ寝台カラ立チ上ツテ彼女ノ前ニ行キ、面ト向ツテ先ヅ顎附《あごつき》ノ総入レ歯ヲ上下共ニ外シ、ナイト・テーブルノ入レ歯ノ箱ノ中ニ入レタ。ソシテワザト上下ノ歯齦《はぐき》ヲ強ク噛ミ合ハセ、顔ノ寸法ヲ出来ルダケ縮メテ見セタ。鼻ガペシヤンコニナツテ唇ノ上ニブラ下ツタ。チンパンジーデモコノ顔ニ比ベレバ優シダ。予ハ上下ノ歯齦ヲ何度モパク〳〵ト離シタリ合ハシタリシテ黄色イ舌ヲ口腔デベロ〳〵サセ、思ヒキリグロナザマヲシテ見セタ。颯子ハジツトソノ顔ヲ見ツメテヰタガ、ナイト・テーブルノ抽斗カラ手鏡ヲ出シテソレヲ予ニ突キ付ケテ［……］」

どんな頭のおかしな色狂いの老人でも、惚れた女の目の前で、総入れ歯を外して、顔の寸法を縮め、鼻をぺしゃんこにして、黄色い舌を口腔でべろべろさせることなど、出来はしないだろう。谷崎は驚くべきゾンビのようなマゾ老人を造形している。

「ジットソノ顔ヲ見ツメテヰ」る颯子も、さるものである。醜怪な老人の面相に少しもひるむことなく、じっと凝視する。こんなことのできる女は滅多にいない。

『瘋癲老人日記』における颯子は、督助とよい勝負である。互角に闘っている。むしろ颯子のほうが瘋癲老人を喰っているかもしれない。颯子という女は底が知れない。謎の女というわけではなく、得体の知れない奥深さをのぞかせる。督助という怪物的老人の創造もさることながら、谷崎は颯子という一個の人間の創造において、非常な手腕を揮っている。

颯子はヒロインだからその奥深さに納得できなくもないのだが、もっと不可解なのは佐々木看護師である。彼女の卯木に対する振舞いも、仔細に観察すると少しおかしい。というより、異常な瘋癲老人に感化されているところがある。この長篇では、瘋癲老人というブラックホールを中心に、すべての人物が、颯子も、佐々木看護師も、卯木夫人（卯木は妻を「婆サン」と呼ぶ）も、少しずつ〈異化〉されているのである。

なかでもヒーロー（かつて近代小説にこんなヒーローが登場したことがあっただろうか？）の卯木督助は、完全に三島的なナルシシズムから離れている。彼はまったき写実主義小説の登場人物になっている。いや、どんな自然主義小説でも、これほど露骨な醜貌を恋人にさらすことはない。

むしろブリューゲルかゴヤの絵を見ているようだ。しかも谷崎はこのゴヤかブリューゲルで自画像を描いている。三島が谷崎に見たリアリズムの極点が、入れ歯を外した卯木老人の「グロナザマ」に見出される。

一方ではしかし、彼はたいへんなロマンティシストである。理想主義者といってもいい。観念論者といってもいい。崇高から卑俗まで、「抽象主義」から「リアリズム」まで、こんなに落差のある人物が小説で活躍することはない。

仰向ケニ寝テ、女ノ足裏ヲ叩ク

入れ歯を外してぺしゃんこになった自分の顔を颯子に見せて憚らないかと思うと、彼女の足の拓本を取って仏足石にして、その下で永遠の眠りに就こうというのである。

墓を探すという名目で京都に颯子を伴なって行った卯木は、彼女にこんな願いを打ち明ける、――

「君ノ足ノ裏ヲ叩カセテ貰フ。サウシテコノ白唐紙ノ色紙ノ上ニ朱デ足ノ裏ノ拓本ヲ作ル」／「ソンナモノガ何ニナルノ」／「ソノ拓本ニモトヅイテ、颯チヤンノ足ノ仏足石ヲ作ル。僕ガ死ンダラ骨ヲソノ石ノ下ニ埋メテ貰フ。コレガホントノ大往生ダ」

卯木老人の夢は妄想の域に達する。その妄想は死後の世界にまで延び拡がり、彼は颯子に憑依して「生キ残ル」ことを夢想する、――

「タトヘバ彼女ノ意志ノ中ニ予ノ意志ノ一部モ乗リ移ツテ生キ残ル。［……］同様ニ颯子モ、地下デ喜ンデ重ミニ堪ヘテヰル予ノ魂ノ存在ヲ感ジル。或ハ土中デ骨ト骨トガカタ〳〵ト鳴リ、絡ミ合ヒ、笑ヒ合ヒ、謡ヒ合ヒ、軋ミ合フ音サヘモ聞ク［これはもうランボーの「首吊りどものダンス・パーティ」の世界である］。何モ彼女ガ実際ニ石ヲ踏ンデヰル時トハ限ラナイ。自分ノ足ヲモデルニシタ仏足石ノ存在ヲ考ヘタダケデ、ソノ石ノ下ノ骨ガ泣クノヲ聞ク。泣キナガラ予ハ『痛イ、痛イ』ト叫ビ、『痛イケレド楽シイ、コノ上ナク楽シイ、生キテヰタ時ヨリ遥カニ楽シイ』ト叫ビ、『モツト踏ンデクレ、モツト踏ンデクレ』ト叫ブ。………」

三島「憂国」の割腹自殺とは何とかけ離れた、延命してゆく老人の妄想であろうか。卯木老人は死後にまで颯子に乗り移り、「モツト踏ンデクレ、モツト踏ンデクレ」と叫び続けるのである。

いよいよ京都の宿の一室で、颯子の足の拓本づくりがはじまる。

「彼女ハ云ハレル通リニシタ。仰向ケニ、両足ヲ行儀ヨク揃ヘテ寝タ、足ヲ少シ反ラシ加減ニ、予ニ足ノ裏ガ明瞭ニ見エルヤウニ」

足のフェティシスト谷崎の至福の瞬間である。ここで谷崎は彼のマゾヒズムを集大成した、稀代のマゾヒストを出現させている。

「予ハソノ下ニ仰向イテ臥《ね》、窮屈ナ姿勢ニ堪ヘナガラ足ノ裏ヲ叩キ、色紙ノ上ヲ両足デ蹈マセテ捺印サセタ。……」

仰向けに寝て、女の足裏を叩く卯木督助。風流と言おうか、瘋狂と言おうか、もはやこの老人に捧げるべき言葉はない。批評はここで絶句するしかない。

「狸穴」の狸たち

しかし颯子の足の裏を叩く卯木老人の恍惚の時間は、そんなに長くは続かない。佐々木看護師や娘の五子が予定より早く奈良の観光から帰って来る。

「颯子ハイチ早ク浴室ニ隠レタ［この一文にも明らかなように、颯子には瘋癲老人と共謀する意識がある］。日本座敷ニハ朱ヤ白ノ斑文ガ無数ニ点々ト散乱シテヰタ。彼女等ハ茫然トシテ無言デ顔ヲ見合ハセテヰタ。佐々木ハ黙ツテ血圧ダケヲ測ツタ」

看護師の言葉が巫女の託宣のように響く、――

「二百三十二ゴザイマスネ」

おそらくこれが『瘋癲老人日記』の最高の一行である。谷崎は『瘋癲老人日記』の止めの言葉を——卯木督助でもなく、颯子でもなく——佐々木看護師に与えたのである。三島由紀夫も言うように、

「晩年の作品『鍵』にあらはれた老いの主題は、［『春琴抄』の］佐助の行為の自然な延長線上にある［佐助が老いれば卯木督助になるであろう、ということ］。そして『瘋癲老人日記』において、この主題は絶頂に至るのであり、肉慾は仏足石の夢想の恍惚のうちに死へ参入し、肉体は医師の冷厳な分析の下にゼロに立ちいたる。あの小説の結末の医師の記録を蛇足と考へる人は、氏の肉体観念について誤解をしてゐるやうに思はれる」（「谷崎潤一郎について」『荒野より』所収）

しかしここには、谷崎に対する三島の希望的批評が混じっているのではないか。卯木老人の「肉慾は仏足石の夢想の恍惚のうちに死へ参入」するわけではないだろう。彼の夢はあくまでも生き延びることにあり、そこで三島は谷崎をあえて誤読したのである。『瘋癲老人日記』に「金色の死」を求めたといってもよい。三島による、いうならば〈正しい誤読〉というべきものである。三島の言うように卯木老人の「肉体は医師の冷厳な分析の下にゼロに立ちいたる」ことはない。疑う者は、佐々木看護師の「二百三十二ゴザイマスネ」という、かすかにユーモアの聞き取られる（これは読者にだけ聞き取られるユーモアであって、看護師自身は「容易ナラヌ表情デ云ッタ」のであるが）血圧の「冷厳な」数字に耳を傾けるとよい。看護師にとっては卯木老人の狂態も、狂乱も、死にもの狂いの颯子の足への惑溺も、「二百三十二」という血圧計の示すデジタルな数字でしかない。

ここから長篇はいっきに結末に向かう。すでに「彼女等［看護師や娘の五子］ハ茫然トシテ無言デ顔ヲ見合ハセテヰタ」に明らかであったように、狂える卯木督助の相貌が次第に浮かび上がる。まわりの者たちは卯木の異常に気づいていながら、言い出せないでいたのである。老人の過激な愛に恐れをなした颯子は、卯木に断わりなく東京に発ってしまう。逆上した卯木は颯子の後を追って、京都を発つ。その前の会話がすさまじい。五子が言い訳すると、——

「馬鹿云へ、オ前ハ前カラ知ツテタンダラウ」「飛ンデモナイ、アタシガ何ヲ知ルモンデスカ」「何云ツテヤガル、狸奴、馴レ合ヒニ決ツテルンダ」「マア非道イ！　何テコトヲ仰ツシヤルンデス」

まともな親が娘にこんな乱暴な言葉遣いをするであろうか。瘋癲老人の〈異人〉化はここに極まっている。卯木は五子の弁疏に耳を貸さない、——「嘘ヲツキヤガレ、古狸、キット貴様ガ颯子ヲ怒ラシテ立タセルヤウニ仕向ケタンダ」。まさに暴走老人暴言を吐く、である。

ここではとくに卯木家の屋敷が麻布狸穴にあることに注意したい。卯木老人も、五子も、佐々木看護師も、おそらく颯子も、卯木夫人（「婆サン」）も、この小説に登場するすべての人物が、おなじ穴の貉《むじな》、ならざる狸穴の狸だったのである。卯木の「狸奴」とか「古狸」という罵言は、案外正鵠を射ていたのである。

東京駅に着くと、「婆サン、陸子［督助の娘］、浄吉［督助の息子、颯子の夫］、颯子、四人ガホームニ迎ヒニ出テヰル」。その後がフォークナーの『響きと怒り』のベンジャミン（ベンジー）を思わせる。瘋癲老人は、キャディーに手を握られると、あっという間におとなしくなるベンジーそっくりである、——

「予ハサン〳〵駄々ヲ捏ネテ皆ヲ手古摺ラシタガ、突然右ノ掌ニモウ一ツノ柔イ掌ヲ感ジタ。颯子ガ手ヲ取ツテヰルノダツタ。／『マアオ爺チヤン、アタシノ云フコトヲ聴クモノヨ』／忽チ予ハ鳴リヲ静メテ云フナリニナツタ」

ついで「佐々木看護婦看護記録抜萃」や「勝海医師病床日記抜萃」、「城山五子手記抜萃」に移るが、これら正常な人たちの日記や手記は、今までの卯木のもっぱら主観だけで書かれてきた日記を、対象化し、客観化し、〈異化〉するという意味において、作品の構造としては最重要な部分であるが、その反面、物語内容《シニフィエ》としては平板なもので、そんなに興味をそそるものではない。小説としては——いや、人生においても、——狂人のほうが常人よりおもしろいのである。その意味では、三島由紀夫は谷崎潤一郎よりおもしろい、ということができるかもしれない。

卯木老人の「顔の表情は恐怖で歪んでいる」という佐々木看護師の言葉が、卯木の実状をわずかに伝えている。卯木の日記が終わったところで、片仮名表記が終わり、普通の新仮名遣いの表記に戻ることに注意。まるで卯木老人の息づまるような「異常性慾」の片仮名表記から脱出して、日常生活へ解放されて、ホッと息がつけるようである。

狸穴の自宅に戻った老人は、「往々感激して興奮する」ことはあっても、おおむね平穏な暮らしに戻り、ただ「嘗て拵へてやると約束をしたプールの工事がもうその頃始まつて」いることが最後に記される（城山五子の手記。こちらは年配だから旧仮名。作者は最後まで仮名遣いに意識的で注意深い）。三島の『暁の寺』の本多繁邦が、恋するジン・ジャンのために御殿場の別荘にプールを作るのは、谷崎の瘋癲老人が恋する颯子のために作るプールの〈引用〉だったのである。

谷崎と三島の違うところは、谷崎の卯木はこんなふうにラストの、いわばどんでん返しで〈異化〉されるが、三島の本多を〈異化〉する者はいないということである（以下の「結び」に見るとおり、『天人五衰』では透少年の視点も導入されるが、最後を締めるのは本多一人である）。主人公であり語り手であり視点人物である本多繁邦は、『豊饒の海』全四巻を通じて、彼一個の主観が制御するフレームのうちに一貫してとどまるのである。

注

★1　事実は、この音楽と俳優の仕種のシンクロは、まったくの偶然だという、——「バックにワグナーの『トリスタンとイゾルデ』の音楽が流れるんですが、これが不思議と画面の動きとピッタリ一致するんですよ」（「『憂国』製作、道楽ではない——火曜インタビュー」日刊スポーツ・昭和四十一年一月十八日）。

結び――〈結晶〉（三島）SM〈ふわふわ〉（谷崎）

〈三島SM谷崎〉。ここに両者を比較・検討するのに打ってつけの作品がある、――三島の遺作長篇となった『天人五衰』（昭和四十五年［一九七〇年］）と、谷崎が戦後初めて発表した長篇『少将滋幹《しげもと》の母』（昭和二十五年［一九五〇年］）である。

三島は最後の長篇『天人五衰』で本格的にサディストとマゾヒストの登場する小説を書いた。ここに言うサディストとマゾヒストとは、『豊饒の海』全四巻の主人公で、輪廻転生の証人となる本多繁邦（マゾヒスト）と、第四巻に初めて登場するもう一人の主人公で、四人目の転生者と目される透少年（サディスト）だ。

『天人五衰』で本多は七十六歳、妻の梨枝はすでに亡くなり、老後の友である六十七歳の慶子と連れ立ち各地に旅する晩年を送っていて、小説の冒頭で静岡県の三保の松原に謡曲「羽衣」の舞台を訪れる。そこで信号所の通信員をしている十六歳の透と出会い、同行する慶子も驚くほどの唐突さで、透を養子にしようと決意する。

透は本多と同じ〈目の人〉で、職掌柄いつも望遠鏡を覗いている。むろん、透は本多のような覗き屋ではない。三島が終生愛した海に船影が見えるのを望遠鏡で素早くキャッチして報告するのが透の仕事なのだ。しかし本多も透も〈見る人〉として同類であることには変わりがない。
本多が養子にした透は、長篇の終盤で豹変し、突如サディストの本性を剝き出して、本多に襲いかかる、——

「この春［昭和四十九年。この長篇は昭和四十五年から始めて近未来に時間を設定］透が成年に達して東大に入学してから、すべてが変つたのである。透は俄《には》かに養父を邪慳に扱ふやうになつた」

この義父は暖炉の火掻き棒で額を割られてからというもの、透の前でおどおどする老人になったのである。失意の本多が夜の神宮外苑へ〈覗き〉に走り、週刊誌沙汰になって以来、〈覗き屋の元裁判官氏〉は『瘋癲老人日記』（昭和三十六年［一九六一年］）の卯木督助のように「老人性譫妄に陥つた」（『天人五衰』）といえる。

ところが本多には卯木と異なり、いかなる救いもおとずれず（卯木には少なくとも水着姿の颯子をプールで眺める楽しみがあった）、三島の恐るべきサディスト透は、谷崎の愛すべきサディスト颯子と違って、本多を冷酷に嬲《なぶ》るばかりだ。颯子は卯木に対してサディストとして振舞うが、これはエロスによるサディズムであって、愛をもって瘋癲老人を労《いたわ》りもする。透はというと、彼は純粋サディストで、朝の挨拶代わりに、「へえ、まだ生きてたの」と憫笑し、そばに寄ると、「年寄なんか穢い。臭いからあっちへ行け」と追い払う残酷さだ。

このサディストの透は本多の無二の友である慶子に、「あなたはきつと贋物［の転生者］だわ」、「あなたがなれるのは陰気な相続人だけ」と罵られ、夢見の能力もない凡庸な若者であることを自覚すると、毒を嘸んで失明し、本多の助けを必要とする身の上に転落する。

一方、膵臓嚢腫を患い、手術を受ける前に、第一巻『春の雪』の死んだ清顕の恋人で、いまは奈良の月修寺の門跡になっている聡子に、最期にひと目会おうと旅に出た本多が、聡子とついにまみえるところで、『豊饒の海』全四巻は大団円を迎える。

そこで聡子は本多のこれまでの人生すべてを否定する。清顕のことも知らぬと言う。茫然とした本多は、「あたかも漆の盆の上に吐きかけた息の曇りがみるみる消え去つてゆくやうに」、清顕も、勲も、ジン・ジャンも「ゐなかつたことになる。……その上、ひよつとしたら、この私ですらも……」と言葉を途切れさせるばかりだ。

さて、平安時代の説話物語に材を取って、谷崎が自在にフィクションに転換した『少将滋幹の母』に目を転じると、まず三島の本多繁邦だが、このマゾヒストは谷崎の長篇では、——いかにもこの作者にふさわしい悦ばしき複数性の原則に従って、——二人の人物に分かたれる。大納言国経《くにつね》と、その息子でタイトルロールの少将滋幹である。本多繁邦の「繁邦」という名がすでに、滋幹の「しげ(滋／繁)」と国経の「くに(国／邦)」とが組み合わされた名であることにも、三島が『少将滋幹の母』を〈引用〉した経緯が窺われる。その意味で、国経も滋幹も、本多と同じマゾヒストのカテゴリーに入るが、谷崎のマゾヒストは三島のマゾヒストのように覗きに走ったり、腹を切って首を刎ねさせたりはしない。

国経の北の方(妻)がタイトルの「少将滋幹の母」である。国経とその妻の関係は、『鍵』(昭和三十一年[一九五六年])の教授とその妻郁子の関係に相似する(I参照)。マゾヒストとサディストの関係である。七十代後半という高齢の大納言は（本多と同年齢だ）、五十以上も歳の違う北の方を性的に満足させられなくて、内心忸怩たる思いをしていたところ、自分の甥に当たる左大臣の時平というサディストが現れ、この人物は富貴と権勢、美貌と若さに恵まれた驕慢な貴公子で、「老いぼれの伯父の大納言を眼下に見下してゐ」る。ここは三島でいえば『天人五衰』終盤における老齢の本多と若い透のSM関係だろう。

しかしそれからが谷崎は三島と截然とそのSMの力学を異にする。大納言の若くて美しい北の方に目をつけた時平は、年賀と称して大納言の邸をおとずれ、酔余のうちに大納言の北の方を「引出物」に所望する。老人にとって命より大切な女性、天にも地にもかけがえのない奥方を奪おうというのである。大納言国経の応対が長篇のクライマックスだ、――

「今までぐでん〳〵に酔ひしれてゐた国経は、急に活を入れられたやうにしやんとして立つてゐた。言葉も呂律が廻らなかつたのが、てきぱきした物云ひで、りん〳〵と響き渡るやうに云つた。たゞその大きく見開かれた眼には、何か発狂したやうな怪しい輝きが満ちてゐた。／『殿、物惜しみをしない証拠に、これを引出物に差上げます。お受け取り下さい！』／時平を始め満座の公卿たちは一言も発せず、眼前に展開した思ひがけない光景に恍惚としてゐた」

国経も、時平も、満座の公卿たちも、そしておそらく北の方も、我を忘れて「恍惚として」いる。ここにはもはや確たる人格というものは存在しない。混沌たるオージーのうちに、サディストの時平も、マゾヒストの国経も、一種ドストエフスキー的（よく似たＳＭ劇を描く『永遠の良人』参照）でポリフォニック（バフチン）な饗宴、熱狂的な坩堝《るつぼ》に投げ込まれてしまう。するうちに、――

「最初、国経が御簾の蔭へ手をさし入れると、御簾の面《おもて》が中からふくらんで盛り上つて来、紫や紅梅や薄紅梅やさま〴〵な色を重ねた袖口が、夜目にもしるくこぼれ出して来た」

ここで問題は、こうして盛り上がり、「こぼれ出して来た」色とりどりの衣裳に、北の方の意志が関与しているか、どうか、である。答はイエスであり、ノーだろう。その前の場面でも、「北の方は、自分が左大臣［時平］を隙見してゐることを、左大臣が知つてゐるかどうか半ば疑問にしてゐたのであつたが、今は疑ふ余地もないと思ふ」とあるように、北の方と左大臣のあいだには心理的な恋の駆け引きがあることは明らかなのだが、いまや「非常に嵩のある罌粟《けし》か牡丹の花が揺ぎ出たやう」な、豪勢な衣裳の塊と化した北の方にあっては、サディスト、マゾヒストの別もなく、いかなる隙見や覗き見の心理劇も成立しえなくなる。こういう心理劇は三島の場合は、幾何学的な正確さをもって最後まで整然と保たれるものであったが、――。

同じＳＭ劇から出発しながら、谷崎の大納言国経や左大臣時平は、「ぐでん〳〵に酔ひしれて」、三島が『天人五衰』で描いたマゾヒスト本多とサディスト透の息づまる対立、怜悧な視線の葛藤など、どこかに弾け飛んでしまうのである。

哀れな国経の末路についてもふれておこう。愛する北の方を時平に奪われた国経は、妻への恋着を断ち切ろうと仏道に心を傾け、夜中に蓮台野（当時の墓地）にさまよい、若い女の屍骸が腐り、ただれて、蛆にたかられる様を観じることによって、迷いを絶とうとする（ボードレールに「腐肉」と題した『悪の花』の一篇があることも参考にしたい）。いわゆる「不浄観」だが、国経は腐乱した女の屍《しかばね》を見ることで、マゾヒズムを超克しようとするのである。三島は自決一週間前の「図書新聞」のインタビューでこの場面にふれ、——「もしつまり、谷崎さんの不浄観のように残酷さをとおして何かをつかもうとするのならば、一つの死体をずっと観察していれば十分ですよね」と述べている（「最後の言葉」）。もっとも国経は不浄観によってもついに救われることなく、最愛の女（時平のもとに去った北の方）の幻影に打ち負かされ、永劫の迷いを抱いたまま死んでいったのであろうと、谷崎らしい（いささかユーモアにも欠けていない）決着をつけている。

国経はこのようにひと口にマゾヒストといっても複雑な人格の持ち主だが、国経以上に奥深く謎めいているのは、大納言の北の方、「少将滋幹の母」である。

つまり、谷崎はマゾヒスト国経の息子、少将滋幹を、タイトルを担う主役として登場させることによって、三島流の卑小で屈折したＳＭ劇を解体し、サディストである女を母なる女性に昇華して、三島が得意とする血みどろのＳＭの闘争を慰撫し、やわらげ、緩和して、それを超える領野へと抜け出ることに成功したのである。

「少将滋幹の母」は、同じ谷崎の『鍵』の郁子よりさらに得体の知れない女性である。郁子ならば悪女でサディストと定義できるけれども、滋幹の母となると、たしかに多情で浮気で、何人もの男に身をゆだね、夫を衆人環視のうちに裏切り、悲嘆のどん底に突き落とすわけだが、彼女は晩年にはサディストも悪女も包容した、「母」としか名づけようのない大きな女性と化する。いや、存在と不在のあわいに「ふは〳〵」と浮かぶ、柔かく、温かく、神聖な、母性的なるものの化身と化する。これはⅣで映画「憂国」に指摘した「幽体」に他ならないが、谷崎の創造した象徴的な母は、三島の中尉夫妻のように威儀を正して規矩整然とした幽体ではない。作者が「憂国」を自評して述べた「ロボット」ではない。いっそう融通無碍で幻のように浮遊する幽体である。

『少将滋幹の母』のラストで、西坂本（「今の京都市左京区一乗寺のあたり」）の庵室に隠栖する、すでに六十を越した尼僧の母を、少将滋幹が訪ね当てたときの情景を見てみよう。その道行きが『天人五衰』の本多が月修寺に門跡の聡子を訪ねる道行きに似ているのだが、谷崎はこう書いている、――

「やがて滋幹は全く思ひがけない或るもの、――何か白いふは〳〵したものが、その桜の木の下でゆらめいてゐるのに眼が留まつた」

それは、その背の低さと肩の細さから判断して尼僧と推定される人物の、桜の幹に寄り添って佇んでいる姿であった。滋幹が「………故大納言の遺《わす》れ形見、滋幹でございます」と名乗り、「お母さま」と呼びかけると、

「白い帽子の奥にある母の顔は、花を透かして来る月あかりに暈《ぼか》されて、可愛く、小さく、円光を背負つてゐるやうに見えた」

これは文句なしに泣かせる場面である。父を裏切った残酷な母の当の息子が、こういう慈愛に満ちた母を仰ぎ見る……。私は思わず滋幹とともに頬に伝う涙を拭わずにいられなかった。

この『少将滋幹の母』ラストに現れる母の肖像を、『天人五衰』末尾の本多が月修寺で会う門跡（聡子）と比べてみよう。三島はこう書いている、――

「老いが衰への方向へではなく、浄化の方向へ一途に走つて、つややかな肌が静かに照るやうで、目の美しさもいよいよ澄み、蒼古なほど内に耀《かがよ》ふものがあつて、全体に、みごとな玉《ぎよく》のやうな老いが結晶してゐた」

滋幹の母と、昔の友人清顕の恋人聡子と。尼僧と門跡と。崇める対象は違うけれども、「ふは〳〵」と「結晶」と、谷崎と三島の崇敬の行方の相違を、これほど鮮やかに描き出す例はない。こういう違いをロラン・バルトなら「自明のものと鈍いもの *L'Obvie et l'Obtus*」と言っただろう。バルトは「自明のもの」を排し、「鈍いもの」の価値を称揚したのである。三島が「自明のもの」の範疇に属するかどうかは措くとして、少なくとも谷崎の魅力が、よく切れる「剣」（昭和三十八年の三島の短篇）の鋭さにはなく、ふわふわと揺らめく衣被《きぬかず》きにあることは確かだろう。

＊

結論を言おう。三島の聡子は拒絶する者、遮る者である。彼女は本多の過去を、彼の友情も、清顕の愛も、一切無に帰してしまう。聡子には母のイメージが揺曳しているが、この母は、谷崎の母とは異なり、悪しき母、オイディプスの母である（谷崎こそ、ドゥルーズ／ガタリの言うアンチ・オイディプスだ）。この悪しき母は——倭文重は——由紀夫と女、なかんずく妻の瑤子夫人とのあいだに分け入って、息子の愛を殺し、封じる者である。この哀れな息子はゲイに走る他ないであろう。あの血まみれの生首となる他ないであろう。

それに較べると、谷崎の母こそ、言葉の真の意味において「豊饒の海」の女性である。周知のように三島の遺作『豊饒の海』の真意は、月面のように干からびた瓦礫の地の意味であった。谷崎の母はそうした不毛な概念を一掃して、もろともにマゾヒストもサディストも孕んで、神羅万象を抱擁する菩薩の母の姿を顕現する。

「みごとな玉のやうな老いが結晶してゐ」る顔と、「花を透かして来る月あかりに暈《ぼか》されて、可愛く、小さく、円光を背負つてゐるやうに見え」る顔、——〈三島ＳＭ谷崎〉の主題は、この二人の女の対照に尽くされるのである。

謝辞——remerciements——

本書は『村上春樹と猫の話』、『村上春樹は電気猫の夢を見るか？』に続く、三冊目の彩流社から出す書き下ろしの長篇評論で、同社の高梨治氏のお申し出に始まり、実際の編集の労を取られたのは、若い優秀な編集者、林田こずえ氏です。

深甚なる謝辞を申し述べます。

なお、本書の執筆に当たっては、以下に挙げる批評文を元にした部分があることを付記します。

一九九〇年に中教出版から出た『昭和文学場面集』収録の「第三のまなざし（谷崎潤一郎・三島由紀夫・吉行淳之介）」。この評論は一九九九年刊の『小説の「私」を探して』（未來社）に、浜田優氏（現みすず書房）の編集で収録されました。

ついで文藝春秋の田中光子氏と豊田健氏の編集により「文學界」二〇一三年六月号に発表された「東奔西走——谷崎潤一郎と村上春樹」（その十三「『五衣《いつゝぎぬ》』から『スリップの肩紐』まで」）。この評論は未來社社主の西谷能英氏の編集により、同社刊の『紀行せよ、と村上春樹は言う』（二〇一四年）に収録されました。

他に、本書Ⅳ「ＳＭの頂点」冒頭の「末期の眼」が、「大法輪」二〇一六年四月号に黒神直也氏の編集で掲載されました。

林田こずえ氏はじめ、本書の成立にお力添えを賜った方々に、衷心よりお礼申し上げます。

二〇一六年四月十五日

鈴村 和成

書誌—bibliographie—

三島・谷崎関連

『決定版三島由紀夫全集』全42巻、補巻、別巻（映画『憂国』）、新潮社、二〇〇〇年〜二〇〇六年
『谷崎潤一郎全集』全30巻、中央公論社、一九八一年〜一九八三年
『潤一郎訳源氏物語』全10巻別巻1、中央公論社、一九七九年〜一九八〇年
『源氏物語』全8巻、石田穣二・清水好子校注、新潮日本古典集成、一九七六年〜一九八五年
三島由紀夫『初版本完全復刻版 假面の告白』河出書房新社、一九九六年
三島由紀夫・古林尚『三島由紀夫最後の言葉』新潮CD講演、二〇〇二年
谷崎潤一郎・伊藤整・武田泰淳・三島由紀夫・十返肇、座談会「谷崎文学の神髄」、「文藝」臨時増刊「谷崎潤一郎読本」一九五六年三月
細江英公写真集『薔薇刑』集英社、一九六三年
平岡梓『伜・三島由紀夫』文藝春秋、一九七二年
平岡倭文重「暴流のごとく」「新潮」一九七六年十二月号
河野多恵子『谷崎文学と肯定の欲望』文藝春秋、一九七六年

越次倶子『三島由紀夫 文学の軌跡』広論社、一九八三年
ヘンリー・スコット＝ストークス『三島由紀夫 死と真実』徳岡孝夫訳、ダイヤモンド社、一九八五年
松本徹『年表作家読本 三島由紀夫』(編著) 河出書房新社、一九九〇年
――『三島由紀夫の最期』文藝春秋、二〇〇〇年
――『三島由紀夫事典』(佐藤秀明、井上隆史との共編著) 勉誠出版、二〇〇〇年
伊吹和子『われよりほかに 谷崎潤一郎 最後の十二年』講談社、一九九四年
猪瀬直樹『ペルソナ 三島由紀夫伝』文藝春秋、一九九五年
清水良典『虚構の天体 谷崎潤一郎』講談社、一九九六年
福島次郎『三島由紀夫 剣と寒紅』文藝春秋、一九九八年
安藤武『三島由紀夫の生涯』夏目書房、一九九八年
鈴村和成『小説の「私」を探して』(「第三のまなざし [谷崎潤一郎・三島由紀夫・吉行淳之介]」を含む) 未來社、一九九九年
――『テロの文学史 三島由紀夫にはじまる』太田出版、二〇一六年
ジョン・ネイスン『新版・三島由紀夫―ある評伝―』野口武彦訳、新潮社、二〇〇〇年
高橋睦郎「詩を書く少年の孤独と栄光」(井上隆史との討議)、「ユリイカ」「特集三島由紀夫」二〇〇〇年十一月号
――「在りし、在らまほしかりし三島由紀夫」「文學界」二〇一六年一月号
千葉俊二編著『谷崎潤一郎必携』学燈社、二〇〇二年

小谷野敦『谷崎潤一郎伝――堂々たる人生』中央公論新社、二〇〇六年
Jennifer Lesieur, *MISHIMA*, Gallimard, 2011
ジェニフェール・ルシュール『三島由紀夫（ガリマール新評伝シリーズ）』鈴木雅生訳、祥伝社、二〇一二年
山内由紀人『三島由紀夫、左手に映画』河出書房新社、二〇一二年
岡山典弘『三島由紀夫外伝』彩流社、二〇一四年

その他

『マルキ・ド・サド選集』全3巻（第I巻『ジュスチイヌ あるいは淑徳の不幸』に三島由紀夫の「序」を含む）
澁澤龍彦訳、彰考書院、一九五六年
ドストエーフスキイ『永遠の良人』米川正夫訳、世界書房、一九五〇年
Baudelaire, *Œuvres complètes*, Bibliothèque de la Pléiade, Gallimard, 1961
『ボードレール全詩集』全2巻、阿部良雄訳、ちくま文庫、一九九八年
Rimbaud, *Œuvres complètes*, Bibliothèque de la Pléiade, Gallimard, 2009
『ランボー全集 個人新訳』鈴村和成訳、みすず書房、二〇一一年
Jean-Jacques Lefrère, *Arthur Rimbaud*, Fayard, 2001
Marcel Proust, *À la recherche du temps perdu*, 4 volumes, Bibliothèque de la Pléiade, Gallimard, 1987-1989
マルセル・プルースト『失われた時を求めて』全13巻、鈴木道彦訳、集英社文庫、二〇〇六年〜二〇〇七年
William Faulkner, *The Sound and the Fury*, Chatto & Windus, 1931

——*Sanctuary*, Chatto & Windus, 1981

Michel Leiris, *L'Afrique fantôme*, Gallimard, 1934

ミシェル・レリス『幻のアフリカ』岡谷公二・田中淳一・高橋達明訳、河出書房新社、一九九五年

Pauline Réage, *Histoire d'O*, Jean-Jacques Pauvert, 1954

ポーリーヌ・レアージュ『O嬢の物語』澁澤龍彦訳、河出書房新社、一九六六年

——鈴木豊訳、講談社文庫、一九七四年

Georges Bataille, *Madame Edwarda*, Jean-Jacques Pauvert, 1956

——*Histoire de l'œil*, Jean-Jacques Pauvert, 1967

ジョルジュ・バタイユ『マダム・エドワルダ』生田耕作訳、角川文庫、一九七六年

——『マダム・エドワルダ 目玉の話』中条省平訳、光文社文庫、二〇〇六年

Gilles Deleuze, *Présentation de Sacher-Masoch*, Minuit, 1967

ジル・ドゥルーズ『マゾッホとサド』蓮實重彦訳、晶文社、一九七三年

金子光晴『どくろ杯』中央公論社、一九七一年

Maurice Blanchot, *L'Entretien infini*, Gallimard, 1969

Jacques Derrida, *La dissémination*, Seuil, 1972

Roland Barthes, *Roland Barthes par Roland Barthes*, Seuil, 1975

——*La chambre claire*, Gallimard Seuil, 1980

——*L'Obvie et L'Obtus*, Seuil, 1982
ロラン・バルト『彼自身によるロラン・バルト』佐藤信夫訳、みすず書房、一九七九年
——『明るい部屋』花輪光訳、みすず書房、一九八五年
大江健三郎『静かな生活』講談社、一九九〇年
村上春樹『スプートニクの恋人』講談社、一九九九年
——『色彩を持たない多崎つくると、彼の巡礼の年』文藝春秋、二〇一三年
——『女のいない男たち』文藝春秋、二〇一四年
Hervé Guibert, *À l'ami qui ne m'a pas sauvé la vie*, Gallimard, 1990
エルヴェ・ギベール『ぼくの命を救ってくれなかった友へ』佐宗鈴夫訳、集英社、一九九二年
鈴村和成『幻の映像』青土社、一九九三年
——「幽体論——川端康成における『源氏物語』の痕跡」「文學界」一九九九年七月号
——『村上春樹とネコの話』彩流社、二〇〇四年
——『金子光晴デュオの旅』（野村喜和夫との共著）未來社、二〇一三年
——『紀行せよ、と村上春樹は言う』未來社、二〇一四年
——『村上春樹は電気猫の夢を見るか？』彩流社二〇一五年

鈴村 和成

…すずむら・かずなり…


一九四四年、名古屋市生まれ。東京大学仏文科卒。同修士課程修了。

横浜市立大学教授を経て、同名誉教授。文芸評論家、フランス文学者、紀行作家。

評論に、『バルト　テクストの快楽』（講談社）、『小説の「私」を探して』（未來社）、

『ランボー、砂漠を行く　アフリカ書簡の謎』（岩波書店）、

『愛について　プルースト、デュラスと』（紀伊國屋書店）、

『テロの文学史 三島由紀夫にはじまる』（太田出版）など。

紀行に、『ランボーのスティーマー・ポイント』（集英社）、

『金子光晴、ランボーと会う　マレー・ジャワ紀行』（弘文堂）、

『ヴェネツィアでプルーストを読む』（集英社）、
紀行小説『ランボーとアフリカの８枚の写真』（河出書房新社、藤村記念歴程賞）など。

村上春樹論に、『村上春樹とネコの話』（彩流社）、『紀行せよ、と村上春樹は言う』

（未來社）、『村上春樹は電気猫の夢を見るか？』（彩流社）など。

翻訳に、デリダ『視線の権利』（哲学書房）、
フレデリック・クレマン『アリスの不思議なお店』（紀伊國屋書店）、

『ランボー全集 個人新訳』（みすず書房）ほか。

フィギュール彩 61

三島《みしま》SM谷崎《たにざき》

二〇一六年六月三〇日　初版第一刷

著者——鈴村和成
発行者——竹内淳夫
発行所——株式会社 彩流社
〒一〇二―〇〇七一
東京都千代田区富士見二―二―二
電話：〇三―三二三四―五九三一
ファックス：〇三―三二三四―五九三二
E-mail：sairyusha@sairyusha.co.jp
印刷——明和印刷（株）
製本——（株）村上製本所
装丁——仁川範子

ISBN978-4-7791-7066-9 C0395

http://www.sairyusha.co.jp